颶風之城

費南妲・梅爾喬——作

Hurricane Season

Fernanda Melchor

SP SELECT

獻給艾瑞克

「他也一樣，放棄了
那愉快的日常；
他也一樣，因這事件而改變，
從裡到外地蛻變：
駭人之美於焉誕生。」

——W・B・葉慈（W. B. Yeats），
〈一九一六年復活節〉（Easter, 1916）

「本書部分內容為真實事件，但所有角色純屬虛構。」

——霍赫・伊巴堅格伊迪亞（Jorge Ibargüengoitia），

《那些死去的女子》（The Dead Girls）

一

他們從河那邊沿著路走到水圳，拉著彈弓備戰，雙眼在正午豔陽之下幾乎瞇成一線。一夥人總共五個，只有帶頭的老大穿著泳褲，那件紅色短褲襯著甘蔗田格外醒目，五月初的甘蔗仍未長高，晒得乾枯委靡。跟在老大後頭的其他四人僅著內褲，個個從腳底至小腿覆滿泥濘，個個輪流搬運那天早晨在河邊撿來的一桶石子，個個橫眉豎目、面色猙獰，隨時準備慷慨赴義；就連隊伍末端年紀最小的那個也不敢承認自己其實怕得要命，他手裡將彈弓的皮筋拉得死緊，石子緊嵌在皮兜中，一旦察覺任何遭受突襲的徵兆，就要不由分說發動攻擊，管它是那頭霸鶲的高啼（霸鶲藏匿於他們身後的樹上，宛如衛兵站哨，翻騰得樹葉沙沙作響），抑或是石塊飛過鼻尖下方、劃破空氣的呼嘯。微風暖熱，近乎白色的天空中雲集著彷彿並非來自人間的猛禽，此時惡臭襲來，比臉上被撒了一把沙子還要令人窒息，讓他們想在臭氣抵達腹腔前用力嘔出，讓他們想停下腳步掉頭就走。但帶頭老大往那條家畜走的小徑一指，而這一夥五人，沿著乾枯草地匍匐向前的五人，緊緊擠作一團的五人，被紛飛金蠅圍繞的五人，這一夥五人終於認出是什麼在水面的黃沫中若隱若現——那是張已然腐爛的面容，軀體漂浮在燈心草叢與被風從路邊吹落的塑膠袋之間，黑色面紗在無數黑蛇之下蕩漾，屍首的臉上咧開一個微笑。

二

人人喊她「女巫」，就像喊她媽媽那樣；起初在她開始販售詛咒和療方時，大家是喊她「小女巫」，後來在土石流那年，她落得孤單一人，從那時起大家就只喊她「女巫」了。也許她曾有另一個名字，寫在哪張被蟲蛀過的陳舊紙張上，掩埋在某個衣櫃深處，櫃裡被那個老妖婆塞滿塑膠袋、髒破布、髮束、骨頭、餿掉的剩飯剩菜；也許她曾經跟鎮上的每個人一樣，擁有名字和姓氏，但即便有也沒人曉得，就連每個禮拜五上那棟宅子拜訪的女人，都沒聽過別人用其他稱呼叫她。女巫一向只對她喊「喂，白痴」、「喂，死小鬼」、「喂，魔鬼生的」，有時是叫她過來，有時叫她不要吵，有時純粹是叫她坐在桌子下不要亂動，好讓女巫細聽那些女人一面哭啼一面哀求，聽她們一把鼻涕一把眼淚地訴苦，聽她們的爭執、怨懟與苦痛，聽她們夢見已故的親人，聽她們仍在世的親戚爭吵交惡，還有錢，幾乎總是為了錢，但也為了她們的老公、為了那些在高速公路旁賣的妓女，她們會泣訴：為什麼總是在我重燃希望時把我丟下，她們會哀嘆：這一切到底有什麼意義，不如死了算了，就到此為止好了，真希望自己根本沒出生，然後她們會拿起披肩的一角拭淚，但一走出女巫的廚房，她們一定會立刻遮住淚漬，畢竟她們才不想讓鎮上那些長舌婦稱心如意，不想讓那些人四處散播說她們找女巫是為了報復誰誰誰，說她們要詛咒勾引老公的婊子，因為總有一兩個這樣的傢伙，鎮上總有這種可悲的賤貨就愛搬弄是非，明明她們那些女子無辜得很，誰也沒去招惹，不過是找女巫討一帖治消化不良的藥，因為家裡那個呆瓜一口氣吃了一公斤薯片脹得受不了，或是討個提神醒腦的茶、治腹痛的軟膏，也有時候坦白說吧，只是想在那裡坐一坐罷了，抒發情緒，宣洩那些難以言說的痛苦和傷悲。因為女巫願意傾聽，似乎什麼事都不會嚇到她，畢竟說實在的，人家都說這女人殺了自己老公，還有什麼嚇得了她？她老公可是馬諾羅伯爵呢，據說她是謀財害命，為了那個死老頭的錢，他有房子、有地，足足上百頃的耕地和農場，是他老爸留給他的，起碼他拿到了他老爸賣剩的部分，當初他爸把那些地一點一點賣給工廠工會，省得他還要出去工作，靠租金或靠他所謂的生意就能過活，雖然那幾樁生意沒一個成功的，偏偏他家的地就是那麼大，直等馬諾羅老爺子死了，所剩的地居然還不小，能收一筆可觀的租金，可觀到那老頭的兩個兒子一聽到死訊就趕了回來。他這兩個兒子是他正宮老婆生的，住在蒙鐵索沙，已經長大成人，都沒在念書。鎮上的醫生跟他們說老爺子死因是心臟病，於是兩人跑去甘蔗田中央的宅子，當時大家正在守靈，那兩個兒子就當著眾人的面對女巫說，他們給她一天的時間收拾東西滾出鎮上，要是她以為她這種賤胚能染指他們父親的財產，那她鐵定是瘋了——那些地！那棟大宅！這所宅子甚至過了這麼多年還沒蓋完，恰似馬諾羅老爺的那些大夢，氣派又扭曲，有繁複的樓梯和扶手，上頭裝飾著石膏小天使，天花板高得有蝙蝠棲居，還有傳聞說不知哪裡藏著一筆錢，藏著成堆的金幣，馬諾羅老爺從他父親手中繼承下來之後從沒存進銀行。別忘了也有鑽石，那枚從來沒人見過的鑽石戒指，連他兩個兒子都沒見過。可是據說戒指上鑲的鑽石大到看起來像假的，是貨真價實的傳家寶，本來屬於馬諾羅老爺的祖母，那位蒙特羅伯爵夫人朱西塔・貴博，無論從法律或天理來看，傳家寶的正統主人都該是兩個兒子的親娘，也就是馬諾羅老爺的正宮老婆，那位受到天主和世人認可的元配，不是那個臭婊子，那個滿肚子壞水、害人性命、飛上枝頭變鳳凰的女巫，她自以為高人一等在鎮上晃蕩，但她算哪根蔥，不就只是馬諾羅老爺從哪個破爛鄉下找回來的破麻，純粹是為了在杳無人煙的荒野滿足他的基本生理需求罷了。事實證明她很邪惡，畢竟天曉得她怎麼會知道，有人說是魔鬼告訴她的，總之她發現有種野生的藥草長在山裡，在靠近山頂的地方，長在古老的廢墟之中。聽政府那些穿西裝的人說，廢墟是遠古時代的墓，埋著曾經住在山上的人，他們是這片土地最初的住民，比下流卑鄙的西班牙人更早。那些西班牙人駕船過來，一看到眼前綿延的土地就說先搶先贏，現在這塊土地是我們卡斯提亞王國的了；少數存活下來的古代住民逃進山裡，失去一切，連蓋神廟的一塊塊石頭都保不住。後來一九七八年來了颶風，神廟被土石流埋在山邊，當時沖下的泥水活埋了上百個拉馬托沙的居民，也淹沒了據說生長著藥草的廢墟。女巫會把那些藥草煮滾，熬出無色無味、無可察覺的毒藥，連鎮上的醫生都判斷馬諾羅是死於心臟病發，但他的頑固兒子指天發誓說他是被下毒，後來大家把兩個兒子的死也怪到女巫頭上，因為就在他們父親下葬的同一天，魔鬼在高速公路上要了他們的命。那時他們引領著送葬隊伍前往鎮上的墓地，結果一捆鋼梁從前方的卡車滑落，把他們倆給壓死了；隔天報紙上全是染血的鋼架，整件事讓人不寒而慄，因為沒人說得出為什麼會發生這種事，那一捆被繩子綁住的鋼梁怎麼偏偏就鬆脫了，砸穿擋風玻璃，把他們兩個給捅穿，很多人都聯想到了女巫，把這事歸咎到女巫頭上，說是女巫詛咒了他們。那個妖女把靈魂出賣給魔鬼來交換超能力，這全是為了保住宅子跟周遭的土地。差不多就在那時候，女巫把自己關在宅子裡，再也沒踏出一步，無論白天黑夜都不出門。或許是害怕伯爵家族等著向她尋仇，也說不定是她瞞著什麼事，藏著一個她非得寸步不離的祕密，想必是屋裡有什麼東西讓她非得守著不可。後來她越發清瘦蒼白，光是跟她對上雙眼你心裡就會一陣發毛，因為她顯然是瘋了，是拉馬托沙的那些女人送食物給她，用來交換她製作的藥膏藥水，藥湯裡熬著她在菜園裡種的藥草，或是她要那些女人去山上採集的野草，那些年她們還有山可上。也差不多是在那時候，當地人開始在夜裡目擊那隻會飛的獸，當男人走著村落之間的泥土路回家時，牠會尾隨那些男人，凶惡的眼灼灼發亮，伸出鳥爪作勢攻擊，說不定是想抓住他們飛向地獄之門；差不多在那時候，關於雕像的流言不脛而走：傳說女巫在屋裡藏了一座雕像，估計是在樓上吧，那裡她不准任何人上去，連拜訪她的那些女人也不行，聽說她在那裡關起門來跟雕像苟合，那是巨大的魔鬼塑像，一根肉棒粗大得有如緊握甘蔗刀的臂膀，女巫夜夜用巨根縱慾淫樂，這就是為什麼她一口咬定她不需要丈夫，事實也是如此，在馬諾羅老爺死後，這婆娘再也沒有另一個男人。後來她提起男人就痛罵，這也沒什麼好驚訝的，她罵那些人是醉鬼、好吃懶做、一群公狗、不要臉的王八蛋，這些垃圾想進她屋裡等她死了再說，其他人哪，鎮上其他女人肯受他們的氣也未免太傻。說這些話的時候她總是目光炯炯，髮絲凌亂，雙頰激動得泛紅，有那麼一瞬間，她又會美麗起來。這時其他女人會比個十字，因為她們腦中會突如其來閃過女巫赤身裸體的畫面：女巫騎在魔鬼身上，往牠怪模怪樣的老二坐下，一口氣吞沒到底，大腿淌著精液，赤紅宛若岩漿，或是綠而濃稠，恰似在她爐上的鍋裡咕嘟冒泡的詭譎湯水，老魔女會用湯匙舀起讓她們喝一口，好治她們的病；有時她們想像的精液則深黑如焦油，恰似那日她們在廚房桌子底下發現的小獸，一雙大眼跟亂髮就是那麼黑，那女孩緊跟在女巫的裙子旁，極其安靜虛弱，很多女人暗自祈禱她會早夭，免得受太多苦。過了一陣子，她們瞥見同一隻小獸盤腿坐在樓梯口，腿上攤開一本書，雙脣默念著一雙黑眼讀進去的每個字，消息頓時如野火般傳開。到了當天晚上，鎮上人人都聽說了女巫的女兒還活著，各方面來說這事都很出人意料，畢竟就連偶爾活下來的畸形幼崽，比如兩頭雞、五腳羊什麼的，過個幾天也就掛了，沒想到女巫的女兒——這個女巫偷偷誕下、見不得人的小獸，大夥開始叫她「那女孩」——沒想到一天天過去，那女孩是越長越大，越長越健壯，壯到有辦法完成她母親交辦的任何工作：砍柴、從水井挑水、扛著購物袋跟箱子去鎮上的市集，去程八哩、回程八哩，路上從不停下來休息，也不跟鎮上其他女孩子打交道。應該說那些女生也沒膽子跟她攀談，不敢取笑她捲曲雜亂的頭髮、襤褸的衣裙、光裸的大腳，不敢取笑她這麼高、動作這麼笨拙，像男生一樣活力充沛，卻比多數男生來得聰明。後來大家恍然大悟，竟然是那女孩負責管理家用，還跟工廠的男人協商租金，那些男人其實都等著女巫哪天出紕漏，好用合法的方式把她倆趕走，反正又沒有文件，世上也沒剩哪個活人會跑出來幫她們母女，誰知道她們根本用不著任何人幫。因為天曉得那女孩怎麼辦到的，居然純靠自學管起家裡的財務來，她把荷包看得實在是緊，有天她就這麼跑來廚房，說以後鎮上的女人來諮詢問事要定個價碼，因為老女巫——那時她絕對還沒超過四十歲，看起來卻活像六十，瞧她滿臉的皺紋、一頭灰髮、鬆垮的皮膚——老女巫已經瘋瘋癲癲的了，開始忘記要收錢，要不就是什麼都收：一條生蔗糖、一磅鷹嘴豆、一包快爛掉的檸檬、一隻長蛆的雞，通通是些沒用的廢物，但那女孩對這一切亂七八糟的情況喊了停。有天她就這麼出現在廚房，用沙啞的嗓音（因為她不習慣說話）宣告，那些女人帶來的禮物沒辦法抵問事的費用了，照這樣下去可不行。她告訴大家，從現在起，費用會根據需求的複雜程度來收取，根據她母親必須採取的方式、為達效果必須施行什麼魔法來收取，畢竟治療痔瘡跟讓男人徹底臣服是兩回事，至於要跟她們死掉的媽媽通靈，問那個臭老太婆有沒有原諒她們在她生前不管不顧，又是另一回事了，對吧？沒錯，從現在起該改一改做法了。那些女人對此很不高興，不少人停止在禮拜五上門，要是病了就去找帕羅格丘的那個先生，反正他好像比女巫有效，看那麼多人大老遠從首都跑去找他看診，有電視上的名人、橄欖球員、跑競選行程的政治人物。但話又說回來，他看病可不便宜，既然那些女人大多數連搭車去帕羅格丘的公車票錢都湊不出來，她們只得跟那女孩說：啊，好啦，所以要怎麼算，接下來要怎樣，她們手頭只有這樣那樣的數目。然後小女巫會露出一口大牙齒，說不用擔心，要是她們的錢不夠付，可以留下其他東西當抵押，比如妳那天早上戴的耳環，或是妳女兒那把金十字架，再不然，真要說的話，玉米羊肉粽、咖啡機、收音機、腳踏車，她什麼生活用品都可以收，要是晚給了還得付利息，因為她突然也開始經營放貸，利率三十五%，有時候更高。鎮上每個人都說這全是魔鬼的陰謀詭計，誰見過一個小女孩這麼精打細算，要不是有魔鬼的話她能跟誰學，在酒吧裡他們都說簡直是光明正大搶錢，是時候叫有關單位來抓那個小賤貨了，把她扭送警局，該把她關起來了，竟然敢放高利貸，敢剝削窮人，她以為她是誰，這樣壓榨拉馬托沙跟附近村莊的居民，但到頭來誰都沒做什麼——除了她，還有誰肯讓他們用那些窮酸的東西抵押換現金，何況沒人想跟女巫為敵，其實他們一個個都嚇得屁滾尿流，連那些大男人都不敢在晚上經過那間宅子。人人都知道屋裡會傳出聲音，會有呻吟跟哭喊一路飄到泥土路上，他們以為那是兩個女巫跟魔鬼淫亂的聲音，不過也有人覺得純粹是女巫正在發癲發狂，因為到了這時候，她幾乎認不得她原本認識的人了，有時雙眼會一下子渙散，大家都說這是天主對她的懲罰，誰叫她是那麼惡毒的浪蕩女，甚至生了撒旦的女兒。因為每次有人問起那女孩的父親是誰，女巫總是三緘其口，沒人猜得到真相，因為沒人敢肯定她女兒是什麼時候出生的。可以確定的是馬諾羅老爺死了很多年，而且她從來沒有其他男人，瞧她整天足不出戶，也不去跳舞。說真的，那些女人想知道的其實是：老天在上，那個醜八怪小畜生的生父會不會就是她們自家老公？所以每次看女巫對這個問題的反應，她們都會寒毛直豎，女巫只會冷笑一聲，怨恨地瞪著她們，回答說那女孩就是魔鬼生的，天哪，她看起來確實是像，尤其是貴博鎮那間教堂的一幅畫，就是大天使米迦勒把一個小子壓在地上的畫，那個小子的臉都要壓扁了，一比較之下，她的眼角眉梢實在是像；於是那些女人會在胸前畫個十字，偶爾午夜夢迴，她們會夢到魔鬼追著自己跑，胯下陽物硬如棍棒，昂然直豎，要使她們受孕。她們噙著淚水驚醒，腹部脹痛，大腿內側全溼了，然後她們慌忙趕去貴博鎮上向卡斯托神父告解，神父會責備她們怎麼可以聽信那種胡說八道。有些人擺明不信這一切，說女巫只不過是精神錯亂罷了，那女孩鐵定是從附近的村里偷來的；也有人說莎拉胡安娜老太婆以前常常講一個故事，就是那個年紀大了的莎拉胡安娜。她說有天晚上她的小酒吧突然來了一群小夥子，不是這附近的人，從他們講話的方式聽得出他們不是拉馬托沙的，搞不好甚至不是貴博鎮的。這些小鬼當時已經酩酊大醉，開始吹噓說他們剛才跟拉馬托沙某個女的快活了一番，人家都說那個婊子殺了她老公，還到處扮起巫婆了咧。聽到這裡莎拉胡安娜就豎起耳朵，聽那些人講他們是怎麼偷溜進屋裡，把她揍個半死，好讓她不要亂動，這樣他們才能輪流幹她。說到底，管她是不是女巫，她都是個正點小騷貨，而且大家都看得出來她其實很想要，看她被插的時候那樣又扭又浪叫，再說這個破爛地方根本都是一堆妓女戶，那些小夥子這麼說。酒吧裡有不少嫖客大感冒犯（莎拉胡安娜清楚得很，這裡的嫖客一向脾氣火爆），聽這些外地人說拉馬托沙是個破爛地方，一股火直往上冒，把場面搞得很難看，不由分說動手開揍那些狗東西，把幾個小夥子打得滿地找牙。雖說最後誰也沒亮出甘蔗刀，可能是因為他們徒手就能把那群人幹翻，也可能是天氣太熱了，實在很難把對方的辱罵認真放在心上，何況當天也沒什麼好耍帥的，莎拉胡安娜的女服務生一個都不在，連那些從海邊來、喜歡飽飽換啤酒的小賤屄也不在，誰都沒來，只有他們跟老婆子莎拉。這時的她早就跟那些臭男人沒啥兩樣了，一個個膚色黝黑，非要留著鬍子，手裡拿著逐漸回溫的啤酒，天花板的電風扇嗡嗡轉著，劃破他們身上蒸騰發散的濃稠熱氣，卡帶收音機大聲播著 za-ca-ti-to pal conejo（註1），一旁點著長蠟燭，tiernito-verde voy a cortar，再旁邊是聖馬丁的畫像，pa llevarle al conejito，綁著緞帶的蘆薈浸在聖水裡頭，que ya-empiezá desesperar, sí señor, cómo no，加上令人燃起妒火的茴香酒，女巫解釋說這是為了反彈不好的能量回去，反彈給挑起爭端的人，那是他們理所應得。這就是為什麼女巫在廚房桌子中央擺了一盤海鹽，上面放顆紅蘋果，用一把片魚刀直插到底，旁邊是一朵白色康乃馨，每個禮拜五早晨，那些女人天剛亮就起床去找她，會發現那朵花已然枯萎乾癟，幾乎爛掉，花瓣邊緣泛黃，那是沾染了她們帶進屋子裡的壞能量。她們認為當生活不順遂，

註1 本段歌詞大意為：「快來吃吧小兔子／我來摘點青青草／送給這隻小兔子／小兔子要餓壞了。」

負面能量會在體內積累，女巫可以用藥方替她們淨化能量，然而看不見的濃厚毒氣卻留在那充滿霉味的屋子。屋裡的空氣沉悶得要命，原因在於，這個嘛，沒人確定女巫為何那麼怕窗戶。後來那女孩年紀大了點，會在緊鄰廚房的昏暗客廳磕來碰去地發出聲響（不過其他人從來不敢進客廳去），這時女巫已經把每一扇窗戶全封死了，她用混凝土塊、水泥、木板、鐵絲網親手封的，就連顏色深得近乎全黑的橡木大門也一樣。馬諾羅老爺死時，他們就是抬著棺木穿過那扇大門送去貴博鎮下葬，連這扇大門也用木板跟磚頭封得死死的，什麼活物都進不了門。換句話說，想進屋只能走花園那扇通往廚房的小側門，畢竟總要給那女孩一個出入口，好讓她去挑水、照料菜圃、跑腿辦事。但那扇門鎖不了，所以女巫花錢請鐵匠打了一扇金屬柵門，上面的金屬條比貴博鎮監獄還粗，起碼他是這麼吹噓的，而柵門上的鎖有拳頭那麼大，鑰匙藏在老女巫的奶罩裡從不離身，始終緊壓在她左乳上。後來那些女人越來越常發現柵門鎖著，可是她們不敢敲門，只好在那裡等，聽見女巫的咆哮、怒罵和胡言亂語，聽見她把家具往牆壁跟地板上砸，至少傳到庭院的聲音聽起來像這樣。多年後她們會告訴高速公路上新來的女子，據說那女孩當下握著刀躲了起來，在廚房桌子下蜷縮成一團，像她小時候那樣，她小時整個鎮都以為她會早死，好讓她少受些折磨，整個鎮都這麼等著，這麼企盼著，甚至是這麼祈禱著——反正魔鬼遲早會來找她，地面會裂開，兩個女巫就會這麼跌落深淵，摔進地獄的熊熊烈焰，那女孩下地獄是因為她被魔鬼附體，女巫則是因為她用巫術犯下無數罪孽：毒殺馬諾羅老爺、詛咒他一雙兒子意外身亡，還用她不可告人的勾當、用黑魔法害鎮上的男人虛弱不孕，最惡劣的是她從那些壞女人肚裡取走男人正正當當留下的種，用毒藥消解他們的精子，只要有人開口索求，她就會熬這副湯藥，後來她又把配方傳授給那女孩，那是一九七八年發生土石流之前的事。那次颶風侵襲沿岸地區，狂風暴雨、電閃雷鳴，封鎖了整個地區，連日來雷聲隆隆的烏雲降下傾盆大雨，水漫農田，作物腐爛，暴風雷電讓牲畜看不清前路，無法及時逃出圍欄，導致牠們溺斃；連一些小孩也溺死了，在山坡崩落、土石流急沖而下時，那些孩子沒人及時抱起來帶走，黑泥中混雜了石塊，把橡樹連根拔起，所到之處掩蓋一切，最後漫溢至岸邊。那時鎮上三分之二都已化為墳墓，倖存者雙眼布滿血絲，噙著淚水凝望家園，他們在大水湧來時及時抓住芒果樹，就這麼攀在樹枝上好幾天不放手，直到軍人趕來，把他們扛到船上，當時狂風已經席捲過整座山脈，才剛消停，太陽再度自陰雲後現身，土地重新凝結為固態，大批渾身溼透的人民抵達貴博鎮，青苔覆滿全身皮膚，身後尾隨著牲畜跟活下來的孩子，在政府安排的場所棲身，比方說鎮公所的地下室、教堂外廳，當地學校甚至停課好幾週來容納這些人，容納他們的各種破爛，容納他們的哀號、他們的死亡與失蹤名單，女巫跟她被詛咒的女兒也在名單上，因為在暴風雨過後，大家連她們的一根頭髮都沒見到。過了好幾週，那女孩某天早晨才突然出現在鎮上，一身黑色，襪子黑得如同她的腿毛，如同她的長袖罩衫，如同她的裙子、高跟鞋、面紗，她用髮夾把面紗固定於盤在頭頂的黑髮髻，見到她這副打扮，人人都說不出話來，也不知道是因為嫌惡還是因為好笑，反正大概是看她這副滑稽樣看傻了眼——天氣酷熱難耐，這個怪咖居然還一身黑，絕對是瘋了，有夠瞎，看起來真是奇葩，簡直像每年一定會來貴博鎮嘉年華的那些變裝皇后。雖說沒人敢當著她的面笑她，畢竟不少人在那時候痛失親友，見到那女孩打扮得像死神，見到她用消沉、肅穆的步伐，拖著腳步走向市集，他們就知道另一個人死了，她母親那個老女巫已經撒手人寰，想必是埋在淹沒了半個鎮的泥濘裡吧。死得是慘，但有些人想，這還是比她應得的死法好多了，她一生行了那麼多罪惡之事，又利用信仰斂財；就連那些女人，就連那些禮拜五固定上門的常客，沒人有膽子問剛喪母的那女孩接下來這門生意會怎樣，誰會接手製作那些藥方、施行那些魔法？又過幾年，大家才開始回去甘蔗田上的那間宅子，那是整整好幾年的歲月，在山坡所掩埋的屍骨之上，拉馬托沙慢慢又蓋起了木屋、草寮，湧入外地人在此定居，多數人都是受到工作機會的吸引，有條新的高速公路要建，貫穿貴博鎮，讓港口與首都能直通帕羅格丘新發現的油井，那就在貴博鎮北邊，工作機會多到餐廳跟小吃攤一個個冒出來，又過一段時間，連酒吧、旅館、娼寮跟脫衣舞店也一間間開起來了，司機、流動攤販、臨時工會在這裡稍作休息，否則兩旁都是甘蔗田的道路實在太單調，全是甘蔗、牧草、蘆葦，覆蓋每一吋土地，四面八方、一哩一哩地綿延下去，從柏油路旁往西一路瘋長到山脈的緩坡，或是往東蔓延到海岸，直抵那片成日波濤洶湧的海水；一叢一叢又一叢低矮的植物，上頭爬滿藤蔓，每逢雨季便以貪得無饜的速度狂長，幾乎要把住宅和作物都掩蓋起來。男人用甘蔗刀阻擋這些植物越界，讓植物不至於超出路邊、河岸或有著一道道溝壑的田野，只見他們雙腳深陷炙熱的土地，有些人太過專注，要不就是太過心高氣傲，沒心思去理睬來自泥土路上、遠遠投向他們的目光，沒去理睬那渾身漆黑的鬼影，她整天在全鎮最偏僻之處徘徊作祟，在田地旁逗留，看新來的那些少年郎埋頭苦幹——就是那些新來的砍蔗工，收錢幹活的小帥哥——他們賣力苦幹，臉蛋平滑，身軀靈活如繩，臂膀、雙腿、腹部的肌肉承受著粗重的勞力活與高照的豔陽，之後到了傍晚，他們會在附近的足球場踢破布做的球，拚盡全力比賽，看誰先跑到打水幫浦那邊，看誰先跳進河裡，看誰先找到從河邊扔下去的硬幣，看誰能在暮色之中，跨坐於低懸於溫熱水面的無花果樹幹上，往河裡吐口水吐得最遠，他們大呼小叫，晒黑的雙腿整齊劃一地前後搖動，肩膀互相挨著連成一線，背脊猶如拋光的皮革那樣閃爍光澤，有的又亮又黑，恰似羅望子的種子，有的則宛若奶脂，像焦糖牛奶醬或爛熟的人心果果肉。肉桂般的膚色，桃花心木和花梨木般的膚色，濡溼、鮮活、反射水光的皮膚，女巫站在好幾碼開外的樹幹旁偷看，遠遠看來，那些肌膚顯得滑順、緊實、堅韌，有如尚未成熟的水果那帶酸的果肉，令人無法抵擋，是她的最愛。她無聲地企求著，將她的慾望全數灌注於那雙犀利的黑眸，自己卻總是躲在灌木叢後頭，或是呆立在田邊，購物袋掛在兩隻手臂上，儘管渴求卻全身動彈不得，那些閃耀的身軀散發純粹之美，令她雙眼溼潤，揭起面紗想看到更清楚的景象，聞到更明晰的味道，用她的想像力品嘗那些小夥子身上的鹹味。鹹味飄散在田野的空氣中，乘著微風傳播，甘蔗葉被風吹得窸窣，如同他們頭上草帽磨損綻開的帽簷、五顏六色的頭巾尾端，以及燒遍甘蔗田的烈火，將十二月凋零的草木化為灰燼——在諸聖嬰殉道日前後，微風聞起來會有焦糖味，有土地乾焦的氣味，那氣味彷彿引領著最後幾輛貨車緩緩駛離，載著大綑大綑的黑皮甘蔗，在灰暗陰鬱的天空下開往工廠，這時那些青年總算能放下甘蔗刀，甚至不先沖洗一下，就直奔高速公路敗光工錢，敗光他們揮灑汗水、用盡全力直到渾身痠痛所賺來的工錢，從莎拉胡安娜的老冰箱拿出不冷不熱的啤酒汩汩倒出，冰箱嗡嗡地響，和著昆比亞舞曲咚啪咚啪的節奏，y lo primero que pensamos, ya cayó（註2），一夥人圍著塑膠餐桌坐著，sabrosa chiquitita, ya cayó，

註2　本段歌詞大意為：「頓時恍悟已經墜入愛河／迷人的女孩，已經墜入愛河。」

說起過去幾週的事。有時大家會提起自己遠遠見到了她，或者有誰甚至在某條小路上遇到她，不過這幾個小子不曉得她是小女巫，只知道她叫女巫，由於他們年輕無知，便把她跟老女巫混為一談，把每個毛骨悚然的故事全歸咎到那女孩頭上，像是鎮上的婦女在他們小時候經常說給他們聽的故事：比方說哭泣女憂羅娜，她殺紅了眼把親生兒女全數溺斃，被罰永生永世當個陰森惡鬼在人間徘徊，傳說她有憤怒騾子般的臉、毛茸茸的蜘蛛腳，為她深重的罪業哭泣哀嘆；或是白衣小女孩，如果你不聽奶奶的話，半夜偷偷溜出家門，她就會跟在你後面，在你最沒有防備的時候喊你的名字，讓你轉過身去，被她骷髏般的白臉活活嚇死：在他們心中，女巫就有點類似這種傳說。不過相較之下刺激多了，因為她是活生生存在、有血有肉的人，會在鎮上的市集四處走動，會跟攤商打招呼，根本不像他們那些愛嚼舌根的奶奶、媽媽、阿姨瞎扯的鬼話，講那麼多只是不想讓他們出去亂跑，但這些年輕人也不過是想逍遙一下，不過是想出去透個氣找點樂子，嚇嚇酒鬼、釣釣愛玩的妹子。他們一致同意：她最好是女巫啦！某個自以為什麼都懂的傢伙會開玩笑說：那個醜八怪只是想找人幹她而已，另一個會抓著胯下說：女巫要幫我含的話現在就可以來含了，大夥一面說著幹話、竊竊發笑、打著飽嗝、捶著桌子、放聲大笑（其實聽起來更像嘶嚎），然而私底下每個小混混都想著她那一大塊地，想著她屋裡據說藏了一箱箱的錢財、一堆堆的金幣、數不盡的財寶，想著雖說他們總是免費跟鎮上的女孩共度春宵，但住在甘蔗田的女巫總有辦法出錢跟他們買吧，她總有錢付那幾個主動開口索要的異類吧，不是嗎？沒人曉得是誰率先嘗試的，是誰鼓起勇氣邁入黑夜，一路走到那個堆滿破爛的屋子，站在柵門前，一路留心著不被別人看見，然後廚房門倏地打開，顯露無比瘦高的女子身影，一串鑰匙在她手中叮噹作響，一雙大手宛若淺色棕櫚葉，宛若自長袍的黑袖探出頭來的黎明蟹，在黑暗中彷彿懸浮於空。燒著那口大釜的熱炭閃耀著光，儘管熹微，卻令整個廚房瀰漫著樟腦的刺鼻味，那氣味沾染在大膽登門的小夥子頭髮上，一連數日不散。他們之所以會去，有的是出於野心或為了追求刺激，有的是基於病態的好奇心或生理需求，於是他們找上那個夜夜顫抖著等候的黑影，和她親熱纏綿，用最快速度完事，隨即順著泥土路直奔回去，穿過田野，抵達高速公路，回到莎拉胡安娜開的酒吧，那裡最是安全，這時他們便把錢花在不冷不熱的啤酒上頭，因為等她終於肯放他們走之際，總會往他們口袋裡塞錢。我甚至不用看她的臉，有的小混混會這麼大聲吹噓，也不管誰愛聽——他什麼都不用做，只需要忍受她的手在身上遊走，只需要任由那張也像影子的嘴舔拭他，她的嘴不時從蓋住臉龐的面紗之下探出來，布料髒兮兮又令人發癢。她只有萬不得已時才會揭起面紗，即便如此也只會稍稍掀起，從不露出她的完整面貌，這雖然只是小事，卻讓他們很是感激，就像他們也很感激整個過程中毫無聲響，沒有呻吟或嘆息，沒有讓他們分心的呢喃，沒有任何一句話，只有相互緊貼的肉身，留下一線唾液，在昏暗朦朧的廚房中，或是在其中一條走廊，廊上裝飾著紙眼全被挖空的一幅幅裸女圖。隨著女巫付錢做這檔事的風聲在鎮上、在河對岸的農場傳開，慕名而來的人絡繹不絕，不停有毛頭小子和成年男人前來朝聖，為了誰先進去大打出手；也有時他們純粹只是過來消磨時間，開著滿載一箱箱啤酒的貨卡駛來，車上的廣播聲放得震天響，他們帶著啤酒從廚房進屋，帶上身後的門，開起極盡喧鬧之能事的派對，從外面就能聽見震耳欲聾的音樂，把當地人給嚇壞了，尤其是所剩不多的幾個正經婦女。到了這時候，鎮上的良家婦女數量已經遠遠及不上賣春的跟不檢點的女人，天知道她們都是從哪些地方跑來的，眼見油罐車順著高速公路開過來，她們便跟著油罐車後頭的商機過來了：有些是渾身皮包骨、化濃妝的流浪兒，只要一罐啤酒的價錢，她們就肯讓那晚的舞伴把手伸進內褲，甚至整根手指插進去也沒問題；有些是圓潤微豐的女孩，在天花板的老舊風扇底下，看起來像渾身抹了豬油，在毫不間斷狂歡六個小時之後，她們已經分不清哪件事更累：是花一個小時幫挑上她們的嫖客吹簫比較累，還是假裝她們真的在聽那個無聊的蠢蛋講話比較累？也有些是身經百戰的風塵女子，沒人捧場時，她們便獨自在髒兮兮的舞池中央起舞，昆比亞舞曲配上啤酒讓她們醺然欲醉，迷失於令人忘卻所有的咚啪咚啪。她們是人生尚未邁向顛峰便已告終的少女，猶如被風捲起的塑膠袋，自偏遠的破落地區吹來，又被風留在甘蔗上頭；她們是對活著已然厭倦的女人，在某一天倏地醒悟，自己已經沒那個力氣每遇見一個新男人就重新建構自我，想起當初的夢，唯有露出破損的牙低聲輕笑；也正是這些女人，唯有她們聽進了那些年長婦女的耳語和傳聞，可能是在河邊洗衣服時聽到的，可能是排隊買政府補貼的牛奶時聽到的，也唯有她們敢大著膽子拜訪女巫，去那棟矗立在農作物中的豬窩，敲響那扇門，直到那個全身黑衣的凶悍瘋婆子從半掩的門後探出頭來。進屋之後，她們會求她熬煮藥湯，就是鎮上的女人成天念叨的——抓住男人的藥，讓男人瘋狂愛上自己的藥，也有把那些混帳傢伙永遠趕跑的藥；消除她們記憶的藥，或是把她們每一分破壞力全數灌注於腹中胎兒的藥，那狗東西把自己的種留在她們肚裡，然後就開著貨車走人了；要不便是其他藥劑，效力更強，據說能夠滌淨心靈，一掃想要自我了斷的糊塗念頭。基本上，比起鎮上那幾個好管閒事的婆娘，女巫肯免費幫忙的只有這些高速公路來的女子，一披索也不要，也是好事一樁。因為她們大多一天只能勉強吃一餐，許多人僅有的東西就是一條毛巾，用來擦掉男人操她們時留下的體液，但她之所以會幫這些從高速公路來的女人，說到底或許是因為她們去找女巫時不怕被人看見，她們沉著自信，也不把臉遮住，用老菸槍的沙啞嗓音揚聲喊道：女巫，小女巫，快點開門妳這臭丫頭，又是我，我又來煩妳了。喊到女巫現身，身上套著黑色罩袍，臉上遮著歪掉的面紗，大白天的，在她像是慘遭轟炸的廚房，茶壺傾倒在地，髒亂的地板濺上了血跡，就連面紗也遮不住她眼皮上發腫的瘀青，遮不住她嘴唇和濃密眉毛上的結痂。在極少數時候，只有在面對這些女人時，女巫願意坦承自己的憂傷，可能是因為她們很清楚男人的壞，親身經歷過男人毫不留情的殘暴，她們甚至會開些玩笑，試著逗女巫笑，試著把她的心思從擦傷和瘀傷上轉開，讓她打開心房，說出是哪些混帳攻擊她，進她的宅子，在屋裡鬧得天翻地覆，一心只想找到那筆錢，找到傳聞中女巫藏在房子裡面的財寶，那些金幣啊、鑽戒啊，人家都說鑽戒上的鑽石跟拳頭一樣大，壓根不管女巫指天發誓說都是假的，哪有什麼寶藏。她是靠著出租所剩無幾的田地過日子，不過是散落在宅子周圍的幾塊小田，租給工廠工會種甘蔗，看看她過的是什麼生活就知道了，根本是住在豬圈裡頭，垃圾成山，處處是發霉的紙箱，整堆大垃圾袋裝滿碎紙、舊破布、編織用的拉菲草、玉米芯、糾結成片的頭髮、灰塵、空牛奶盒、塑膠瓶，只有垃圾，淨是些垃圾。那些流氓在上面胡踩一通，或是為了打開樓上房間的門而亂砸一氣。打從她媽媽還在的時候，那間臥室便門扉緊閉，是老女巫從內部封住了門窗，那一回她發起狂來，把房裡所有家具都擋在實心橡木門上，日後動用了足足七個身穿制服的警察（也就是貴博鎮的全部警力），用盡吃奶的力氣才終於撞開。當中包括兩百八十磅重的里戈里多局長，撞開的那天正是可憐女巫的浮屍漂到工廠水圳的日子。人人都說那個場面嚇死人了，那些小子發現她的時候，屍體已經浮腫發脹，眼珠突出，半張臉被不知什麼動物啃掉，看起來就像這個瘋女人在笑，可憐哪，恐怖得要命，說起來也是可惜，真該死，因為她其實是個好人，每次都幫她們，從來不收錢，頂多只要她們陪一陣子，這就是為什麼她們決定湊點錢出來——就是那些從高速公路來的女孩，以及在貴博鎮上那幾間酒吧混的傢伙，她們籌到足夠的費用，打算把女巫的腐屍好好下葬。誰知道警察局那幾個混帳王八不放人，這些沒心沒肺的東西，祝他們一個個下地獄不得超生，他們就是不讓那些女人把屍體領出來，理由首先是案子還沒終結，屍體是證物，其次是她們無法出示能夠證明和死者有親屬關係的文件，這代表她們無權埋葬死者。一群操他媽的沒用蠢豬，是要她們去哪裡生文件出來？就連這瘋婆子到底叫什麼名字，全村上下都沒一個人曉得，從來沒人知道，連她自己也不肯講，只說她沒有名字，她媽媽要嘛咂嘴或發出噺聲來吸引她的注意力，要嘛喊她智障、混蛋、魔鬼生的，說當初妳一出生就該把妳淹死，就該把妳扔進河底，該死的女巫，該死的傻子，但事實證明她總是躲起來是對的，看那些混蛋東西到頭來對她幹了什麼；可憐的女巫，可憐的怪胎，也只能祈禱把她喉嚨割斷的畜生會被抓到了。

三

那天，葉賽妮亞提早去河邊挑水，回程路上撞見了他：赤著腳、裸著上身，踉踉蹌蹌沿著小路走來，懷裡緊抱著燒焦的錫罐，膝蓋由於在路上跌倒而擦傷流血。他想必是喝醉了或嗑嗨了，竟然有膽子大步走到葉賽妮亞面前，問她水質怎麼樣？她回答得盡可能直白，連看也沒看他一眼，內心深感憤恨，她這表弟居然還敢跟她搭話，好像他們之間什麼事也沒發生，好像過去三年來他們沒有互相迴避對方；她回答說水質非常清澈，隨即掉頭往家裡的方向走，思緒飛馳，想著她本來可以痛罵那個臭崽子的話，本來可以細數他在外面胡作非為招來多少麻煩，把整個家族害得多慘。比如阿嬤的病，她先是被氣得半身癱瘓，不到一年又摔斷了髖骨，到現在還沒痊癒，說不定永遠不會好了，明眼人都瞧得出來，可憐的老東西一天天消瘦憔悴下去，起碼身體是越來越差，至於脾氣倒是跟以往一樣壞，整天對葉賽妮亞窮追猛打地念叨這小子，念著這沒用的蠢蛋什麼時候才要來看她，為什麼他不介紹他交的新女友給她。這個消息她不知道是從哪裡聽來的，有鑑於她會選擇性耳聾，她鐵定是聽到那對大嘴巴的白皮仔姊妹在說三道四，講什麼那小鬼跟外地來的小妮子搞上了，還讓她住進他蓋的狗窩，就蓋在他那個蕩婦老媽的房子後面。阿嬤一天到晚纏著葉賽妮亞，在她耳邊絮絮不休，問那女生長什麼樣子？怎麼他們兩個那麼快就一起住了？不是有小孩了吧？那女生能幹活嗎？她懂怎麼煮飯洗衣服嗎？老太婆每個細節都不放過，而且她非要長孫女葉賽妮亞來告訴她不可，彷彿不知道葉賽妮亞好幾年沒跟那個下三濫講過一句話，打從她當場逮到他在幹那些骯髒事，就再也沒對他說過一個字。後來這個沒種的混帳東西搬了出去，不敢面對葉賽妮亞，她原本打算在阿嬤面前跟他攤牌，好讓老太婆徹底清醒，認清她這個孫子是什麼樣的禽獸——偷偷摸摸幹壞事的娘炮，白吃白喝的寄生蟲，從來沒感謝過她的付出，因為要不是阿嬤，這個小低能兒早就死了。他那個放蕩老媽拋棄了他，把他丟在木箱裡，身上爬滿了蟲，餓個半死，滿身屎尿，她自己則跑去高速公路任人操。每次想起來葉賽妮亞就怒火中燒，氣得腹部絞痛，想著那個小王八蛋太忘恩負義，想著阿嬤真是傻子，竟然答應莫里歐舅舅會養他，阿嬤明明很清楚跟他交往的婊子是專業賣春的，不管是誰，只要夠有錢，那女的就會把腳打開。貝爾碧阿姨發現老太婆收留了那小鬼時，她就問：難道她沒注意到，這小子長得根本不像莫里歐？葉賽妮亞的媽媽聶格菈則說：難道她沒注意到，這小子長得跟家裡任何一個人都不像？那天聶格菈一回到家，便發現這個髒小孩掛在阿嬤脖子上，猴子似的。親愛的，要我說啊，莫里歐跟那個卑鄙賤貨就是吃定妳了；我真驚訝妳居然不記得那句俗話，明明妳滿腦子骯髒思想，老是覺得我們每個人都很壞，妳竟然不記得俗語說：「聰明人都認得親孫子。」可是不管怎麼說都沒法讓阿嬤回心轉意，再怎麼告訴她根本不值得把這小子當成家人養大，告訴她莫里歐八成不是他生父，把他送去孤兒院對每個人都好，她就是不聽，全世界沒人有辦法把她勸退。提娜太太怎麼忍心拋下這個無依無靠的可憐小東西，那是她唯一的孫子，是她心頭肉莫里歐的小孩，莫里歐自己也病得那麼重，可憐的寶貝，都病到沒辦法照顧孩子了！她怎麼忍心拒絕莫里歐，只有莫里歐肯為她犧牲，當初他們搬到拉馬托沙來，他輟學幫忙她開餐館，妳們幾個就只會到處跟人亂搞，向石油公司的司機或工廠的工人投懷送抱——老太婆會這麼怒罵她們，畢竟阿嬤怎麼可能改掉一輩子的習慣，她每次發火飆罵都只記得壞事，又因為她最偏愛莫里歐，所以她老愛提醒其他人說莫里歐放棄一切，只為了幫她讓餐館上軌道。根本全是屁話，不過是老太婆自欺欺人的鬼扯蛋，因為這樣她才能相信莫里歐是真心愛她，實際上他只是個自私的東西，會退學是因為他笨得要死又懶，到處去派對上玩，時間全耗在路邊小酒館的酒吧裡，拿著吉他邊彈邊唱。會有那把吉他是有天某個醉鬼把它留在奶奶的餐館當抵押品，之後再也沒回來贖，莫里歐於是自學怎麼彈吉他，自己一個人坐在庭院的桑樹底下，撥動吉他弦，傾聽木製琴身發出什麼聲響，就這麼學會了。他光是在貴博鎮教會辦的彌撒上觀察那些傳教士的小孩彈奏，就學會怎麼彈整首曲子，甚至自己編了幾首，配上活潑腥羶的歌詞，等到萬事俱備之後他去找奶奶，對她喊「提娜太太」。他一向這麼叫她，從來不喊媽，總是喊她提娜太太，真是沒教養的東西。他說：提娜太太，我要去高速公路工作，現在我是音樂家了，不用等我回來，也不要擔心，我一有機會就寄錢回來。說完他轉身就走，在那些小酒館混得還不錯，因為他年輕又討人喜歡，那些酒鬼覺得他很好笑，看這小鬼頭戴著闊邊墨西哥帽，對著他們無休無止地絮叨黃色笑話跟下流雙關，北部的音樂也差不多在那時候流行開來，這讓莫里歐很討他們歡心，因為莫里歐最愛彈的正是可利多民謠，打扮得也像個北部音樂歌手，他那時拍的照片都穿成這樣：牛仔褲、尖頭靴、編織花腰帶，闊邊帽拉下來蓋過眉毛，一手拿著啤酒，嘴裡叼著粗雪茄，身邊簇擁著一群女孩。聽說當年很多女人為他傾心，要說是他彈得好，不如說是因為他粗獷浪子的外表。說實在的，他的音樂其實爛得可以，這蠢蛋從來沒加入什麼樂團，也沒真的靠音樂賺幾個錢，比起賣藝的更像是要飯的，這就是為什麼他履行不了當初對提娜太太的諾言寄錢回家，恰恰相反，他繼續搾乾她，只要他一開口，她就會出手幫忙，借出去的錢那混蛋沒有一次還過，最過分的是每次他徹夜未歸跟人打起來，都是她在收拾善後；有那麼好幾年，她還累得要死大老遠跑到港口探監，每個禮拜日都去，一次也沒漏，只為了看一看莫里歐舅舅。他因為殺人罪入監服刑，真的是個天才，殺了一個從馬塔柯奎特來的傢伙，還不是因為莫里歐搞上他那個水性楊花的老婆，她承受不住她老公的一頓痛打，通通招了出來。莫里歐那時已經連灌好幾天的酒，有人跑去跟他通風報信，說有人在鎮上到處找他，有個男的說要把莫里歐．卡馬戈的脖子扭斷，竟敢上他老婆！還在喝酒的莫里歐舅舅聽了從桌子旁站起來，說：好吧，辦他的喪事總比辦我的好。然後把吉他交給另一個人顧著，招了個便車去鎮上跟人家正面對決。就是這麼巧，剛好在一間酒吧的廁所遇上被戴綠帽的老公，莫里歐舅舅甚至沒給對方機會說話，便用藏在靴裡的刀從背後捅了那個陌生人兩下，所以他就進了港口的監獄，被判預謀殺人服刑九年。整整九年，提娜太太每週日都去探望他，給他送去雷利牌香菸、幾個錢、肥皂、一些吃食，大老遠從鎮上帶去，每次都是獨自上路，她不想讓葉賽妮亞或另外幾個女孩跟著，免得其他犯人像一群狗似地對她們發春。又因為她怕搭港口的電車會迷路，她就從公車站一路徒步走到監獄，只為了看一看她的心肝寶貝。那是她的獨子，死得這麼早，英年早逝，當時那個混帳出獄才剛滿一年，死因是在牢裡感染了什麼致命的病，阿嬤老說那不是什麼大病，人進去關就是會這樣，會害他身體變差，害他變虛弱，而且和莫里歐同居的那個騷貨又跟別人跑了，你怎麼忍心怪他為這種事消沉難過？聶格菈跟貝爾碧認定莫里歐得的是愛滋，不讓幾個女兒接近她們舅舅，管他得了什麼病，反正她們是不會讓他把那種骯髒爛病傳染給女兒的。最後連阿嬤都沒辦法否認她兒子快不行了，為了救他，她放手做了最後一搏，決定送他進鎮上最貴的醫院去，就是那間為了石油公司員工開的醫院。為了籌措他的醫藥費，她只得賣掉她那間開在高速公路附近路邊的館子，知道提娜太太自作主張幹了什麼好事之後，聶格菈和貝爾碧都要崩潰了，急得像熱鍋上的螞蟻，她們媽媽腦袋裡在想什麼啊，把僅有的家產給賣掉，這麼多年來她們為這間餐館累得要死要活，這下是要怎麼維持生計，莫里歐又活不了多久，連醫生都說沒希望了，還要她們著手安排後事。阿嬤一聽女兒提出這種意見發了好大的脾氣，罵她們是唯恐天下不亂、貪得無厭的卑鄙賤人，餐館本來就是她一個人的，要是她們不想賣就下地獄去吧，簡直是蛇蠍女人，只顧自己死活的歹毒畜生，怎麼敢說莫里歐活不久了，老天在上，他還有大好人生，會長命百歲看著兒子長大，然後還會再生好幾個小孩。於是貝爾碧和聶格菈說：好啊，隨便妳，妳跟妳的餐館、跟那個沒種的王八蛋莫里歐都去死好了，我們馬上帶女兒一起走，然後她們就去喊小孩。但是提娜太太追在後面，把她們從門口拉回來，說貝爾碧跟聶格菈瘋了才會以為她會讓她們把小孩帶走，怎麼，難道要讓小孩長大變成跟她們一樣的爛貨？聶格菈和貝爾碧愛去哪裡隨便她們，她們的女兒全部都要留下——任憑兩個女人又說又罵，提娜太太寸步不讓，她們只好自己動身往北，去北邊的油田，聽說那裡有很多工作，後來她們再也沒回拉馬托沙，連莫里歐舅舅終於掛掉的時候也沒回來，還好沒有，否則她們鐵定會被阿嬤給氣暈。阿嬤明明根本沒那麼多錢卻大肆揮霍，只為了送她的不孝子最後一程，她覺得莫里歐配得上這樣的喪禮。鎮上的人好幾年沒見過規模這麼大的喪事，人人都有玉米羊肉粽吃，還請了北部音樂的樂隊、馬利亞奇（註3）街頭樂隊，一瓶瓶上好茴香酒隨便喝，讓大家通通醉成一灘爛泥，真心誠意為可憐的莫里歐落下傷心的淚水；不只如此，她甚至買了塊墓碑，其實更像是給他買了個小聖堂，然後又在貴博鎮墓園挑了最高級的一區，最重要的一區，畢竟提娜太太怎麼能把寶貝兒子葬在廉價墓地裡，對不對？那種墓地過了十年會重新被挖開，把其他人往裡面埋，到時候可憐的莫里歐他的遺骨要怎麼辦？如果落在她生的那幾個毒辣潑婦手上，他的骨骸會被丟進亂葬崗的，所以她決定不惜砸下重金買下有永久使用權的墓地，比拉馬托沙的房子還要貴，金額高得誇張，全是為了讓他有那個福氣跟貴博家族肩併著肩擠在一起，也就是伯爵一家跟他們的表親艾文丹

註3 馬利亞奇（Mariachi）是種傳統的墨西哥音樂形式，樂團編制通常由小喇叭、小提琴和吉他組成，通常身穿傳統服飾「恰洛」（Charro）演奏。

諾家族。他們建立了這個城鎮，如今躺臥在高級大理石配上拼貼鑲嵌畫的墓裡，結果中間插了個亮黃色的墓碑，正是莫里歐那個爛胚子的長眠之地。提娜太太耗費許多年償還喪禮跟墓地的債務，為了賺錢，她駕著三輪車去貴博鎮郊外的加油站旁，在那邊賣新鮮果汁。就算她身體不舒服，照樣不得不騎著車去市場，把三輪車裝滿柳橙、胡蘿蔔、甜菜根、橘子、芒果，有哪些水果端看季節而定，葉賽妮亞則留在家裡照料幾個妹妹，還有後來成了她心頭刺的那個小無賴。她年齡最大，在阿嬤出門工作的時候，顧家的責任就落到了她肩上，負責顧整個家、顧女孩們、顧那個沒長腦子的表弟；也因為她年齡最大，每次出了什麼問題，每次事情沒順著阿嬤的意，都是她正面承受提娜太太的滔天怒火，被她痛打一頓；葉賽妮亞還得收拾她無法無天的表弟惹出來的每個亂子，應付那些來家裡抱怨的鄰居，說那個小白痴又從人家店裡偷了幾罐汽水，又溜進別人家裡吃他們的東西、偷走任何被他翻到的財物，又打了比他更小的小孩，又玩火柴差點把白皮仔連雞舍帶雞一把火燒光，每一回都是葉賽妮亞出面替他道歉、付他欠的錢，裝傻裝笨，然後按捺著內心的熊熊怒氣，看著阿嬤什麼反應也沒有，從來不為那小子趁她不在闖的任何禍處罰他。要是葉賽妮亞喋喋不休列舉她孫子那天又惹了多少麻煩，她就會說：能怎麼辦呢，他還小，他不是故意的，男孩子都這樣，阿蜥，就隨他去吧，那孩子也可憐，他父親也一樣這麼叛逆，跟他簡直是同一個模子刻出來的，有其父必有其子，阿嬤總是這麼說。但根本是一堆屁話，就算她很樂意扮糊塗假裝他們長得很像、一模模一樣樣、雙胞胎似的，其他人都看得出來，他們唯一的相似之處在於兩個人都是沒用的蠢貨，只會討好阿嬤，然後就能恣意妄為，所以這小子才會長成這副德行——變成一個野小孩，一不看著他就往外頭的荒郊野嶺跑，三更半夜的也要跑，照阿嬤的說法，這樣才能培養出勇敢無畏的年輕人，但每次還不都是葉賽妮亞把他抓回來，逼他洗澡，替他補衣服的破洞，挑掉他帶回來的頭蝨壁蝨，又在每天早上拖他去學校，一路上都得猛搧他腦袋才能讓他聽話。不過葉賽妮亞當然從來不敢在阿嬤面前對他動手，只有在旁邊沒有別人的時候，也有不少情況下葉賽妮亞吼他吼累了，會一下子失去理智，抓住表弟的頭髮，揍得他瘦弱的身上青一塊紫一塊，有那麼一兩次甚至拎著他往牆壁撞，想著如果把他殺死就好了，如果敲破這個膽小鬼的頭就好了，那他就再也不會來煩她，再也不會打她，再也不會用阿嬤取的那個綽號叫她，葉賽妮亞對那個外號恨之入骨，可是這個詞卻很快就傳了開來，整個鎮上都開始叫她「阿蜥」，因為她又黑又醜身材又瘦長，阿嬤說她像隻會站的蜥蜴。那個臭小子會壓低聲音唱：**蓬頭髮、蓬頭髮，阿蜥的頭髮蓬又長**，在開往貴博鎮的公車上唱，或是趁他們在人多的地方排隊時唱，旁邊有些愛到處亂講話的笨蛋聽了會笑，她只好甩他一個耳光——閉嘴，你這髒死人的小王八蛋——或是往他身上最靠近的地方捏下去，指甲刺破那小子的皮膚，讓她痛快至極，有點類似她把蚊子叮咬的地方抓到出血時總會覺得舒暢。說不定那小子也因此舒暢了些，因為被揍了一頓粗飽之後他都會靜下來，甚至不去吵她，不過阿嬤會注意到他身上的擦傷跟瘀青，然後換葉賽妮亞挨打，比起她為了讓表弟安靜而不得不讓他吃的痛揍，阿嬤打得更厲害一倍。老太婆選的武器是浸溼的繩子，甩在她們的屁股、背脊上，要是她們笨到沒及時用手去擋，甚至還會甩到她們臉上，就這樣打到葉賽妮亞尖叫著求她停手，跟她求饒，有時連小球跟小石頭也一起受罰。少數情況下連小撲克都被拉進來一起打，明明小撲克是全家最乖的，從來不給阿嬤添麻煩，而那小子只會站在一旁看提娜太太給她們一陣亂鞭，罵她們懶豬、賤貨、髒鬼、畜生，早知道就讓她們的放蕩老媽把她們給帶走，早知道就把她們丟在街頭，讓她們被送進少年感化院給那些拉子用掃把強姦，覺得怎麼樣啊，妳們幾個下流婊子，下賤胚子？她會這麼咆哮，因為阿嬤容易罵著罵著分不清在罵誰，把葉賽妮亞當成聶格菈，把小石頭當成貝爾碧，然後把這幾個可憐女孩沒做過的事扣在她們頭上，比方說半夜偷溜出去賣春，那都是小球害的——打從小球剛滿十五歲，她就開始偷偷往外跑，跟白皮仔妹妹去馬塔柯奎特跳舞，為了付公車錢跟入場費，那隻小胖豬還從阿嬤的錢包裡偷錢，她就是這樣想溜出去交男友想瘋了，直到有天晚上阿嬤發現小球沒跟其他人一起躺在床上，於是揮起了那條嚇人的繩索，把大家通通叫醒，叫她們出門找那個笨女孩回來，妳們幾個，我告訴妳們，要是沒把她帶回家，妳們會後悔自己出生。她們別無選擇，只好在拉馬托沙挨家挨戶地找，吵醒睡夢中的狗、叫醒鄰居

（隔天這些鄰居紛紛對彼此點頭眨眼，說小球已經是個女人囉）。過了一陣子，葉賽妮亞背起小撲克一起走，一面不停輕踢小石頭的背催著她往前，因為她年紀還小，已經累到哭了，偏偏耗到凌晨兩點仍舊找不到小球，她們不敢兩手空空地回去跟阿嬷說，所以溜進白皮仔的庭院，那裡的狗認識她們，不會咬人，她們可以躲進雞舍休息。誰想得到她們迎面撞上了小球這個小混蛋，原來她聽說阿嬷派出人馬找她，一直躲在那裡。葉賽妮亞揪著她的頭髮把她從雞舍拖出來，一番大鬧吵醒了皮利太太，就是那些白皮仔的媽媽，她主動提議要送葉賽妮亞跟妹妹回家找阿嬷，說她可以幫著勸提娜太太消氣。殊不知這個假好心的臭婆娘只不過是最愛熱騰騰的八卦，想親眼見證小球哭著進屋去，提娜太太站在門前瞪小球，看見有皮利太太陪在旁邊，阿嬷失望地搖搖頭，叫大家上床睡覺。但每個人都緊張得睡不著，不曉得阿嬷什麼時候會進房間給她們一頓抽打。如今她們都很清楚老太婆是怎樣的人，她絕不會放過任何一件小事，一件也不會，可是她偶爾會假裝忘了，再趁大家毫無防備時用繩子把她們打個半死，趁她們正要進入甜美夢鄉時，或是趁她們剛洗完澡時狠抽她們的背，兩天之後她就是這麼處罰小球的。妳記得吧，小胖球？那時候妳什麼也沒穿，邊洗邊唱歌，渾身溼答答的，阿嬤不光是鞭打了妳一頓，她還對妳說從今以後妳可以把上學這件事給忘了，妳要跟她一起去賣果汁，學怎麼掙錢謀生，這簡直比她每一次打妳加起來還要痛，對不對？可憐的小胖球。她從以前就夢想著要念完學校當老師，可是雖然她發誓總有一天要回去讀書，到頭來卻沒實現，因為她被阿嬤退學之後不到一年，這蠢蛋就把肚子搞大了，生了個女兒叫凡妮莎，把書讀完的希望也就這麼破滅了。天曉得老太婆怎麼辦到的，她總是能一眼看穿妳是不是在打鬼主意，好像她的眼睛是兩道雷射光，可以貫穿妳的頭骨，看清裡頭的每個東西，看清妳當下的每個念頭。天曉得為何她總是知道什麼處罰最能擊中要害，要打在什麼地方最痛。阿蜥一輩子忘不了有天晚上阿嬤拿著雞骨剪，一陣亂刀剪掉她的頭髮，那時阿嬤發現她也半夜偷溜出門，但不是為了像不檢點的小球一樣去跳舞或跟男生廝混，不是，她只是跟蹤那個臭小子，想看看他每天晚上都去了哪裡，想在他做壞事的時候當場逮住他，畢竟他只會亂搞是鎮上人盡皆知的事；她想讓阿嬤徹底看清這小子是怎樣的垃圾，看清他一天到晚只會喝醉了或嗑嗨了在鎮上亂晃，跟葉賽妮亞那天在河邊遇見他的時候一模一樣。那天她起了個大早，趁著清晨的天光去挑水，瞧見他從海邊的方向踉蹌走來，赤著雙腳，光著上身，頭髮亂得像一窩蛇，兩眼由於嗑了藥而渙散充血，眼神迷茫，天知道正在想什麼。他站在那裡，像高速公路上的小無賴那樣胡言亂語，髒手抓著燒焦的錫罐，漫無目的地遊走，厚唇咧開一個蠢笑，問葉賽妮亞水質怎麼樣。她連看也沒看他一眼，有些反應不過來，驚怒交加地想著這小混蛋竟敢跟她搭話，只答道水質非常清澈，接著便快步走掉，內心暗氣，回家路上滿腦子想著她本來可以說的那些話，本來可以怎麼痛罵他，整整三年來葉賽妮亞積了一堆話要教訓這個雜種表弟，誰知道他把她殺了個猝不及防。那是她第一次在附近遇到這個小娘炮，因為他通常躲著她，而且只在晚上出門，在天黑之後，像個他媽的吸血鬼，出去就只是找那些遊手好閒的傢伙，一群人大半輩子都茫著一張臉泡在酒跟毒品裡頭，趁著夜色搶劫貴博鎮公園裡毫不設防的當地人，跟其他在鎮中心小酒館出沒的小混混幹架，有時甚至用酒瓶碎片捅他們，或是砸爛街燈燈泡，在公園附近的商店對著牆壁跟百葉窗撒尿……一個個都是沒用、沒種、不務正業的東西，淨是一群只靠人養的可悲噁爛毒蟲。應該把他們關進牢裡狠狠教訓一頓，然後讓他們在這個世界上消失，她倒想看看到時候他們還要怎麼逞凶鬥狠，像他們到處去騷擾當地女孩子那樣，有時連男孩也慘遭毒手，如果有哪個男生敢在他們待在公園時經過的話。搞得好像警察不知道似的，拜託，好像警察不曉得這些小流氓跟馬貝拉旅館的老闆談了什麼骯髒交易，讓他們直接在公園那邊見不得光的地方販毒，如果不是在那裡，就是在酒吧跟高速公路車道上大庭廣眾地賣，要不就是鐵軌附近的廢棄倉庫，人人曉得那些死同志男妓都在那邊幹齷齪事，光天化日地像狗一樣發春。葉賽妮亞可以作證，她親眼見過，她把臭小子從那種地方拖出來的次數兩隻手也數不完，因為那個白痴混帳一連好幾天沒回家，葉賽妮亞的藉口已經掰不下去了，最終那些混蛋大嘴巴白皮仔姊妹總會冒出來，把鎮上關於那小子的流言告訴阿嬷，儘管阿嬷總是矢口否認，說全部都是謠傳，她孫子才不會扯進那檔事，他在古提瑞德拉托那裡採收檸檬，他整天泡在女巫的房子裡什麼的全是胡說八道，都是整天沒事幹、看他不順眼的鄰居隨便編出來的，這種時候葉賽妮亞都一聲不吭，不敢對阿嬤說出真相：白皮仔姊妹四處散播的事，正是她親眼見過的事。事實是貝爾碧阿姨一開始就料中了，在阿嬤收留這個髒小鬼之初，她就說過他以後會變得像莫里歐，甚至比莫里歐更糟；說起來外頭傳了好些關於莫里歐舅舅的難聽話，簡直不堪入耳，說他是只會吃軟飯的笨蛋，說他後來染上了毒癮，甚至說他就是這樣才得了害他送命的病——可就算是這樣，起碼沒人說他跟鎮上那些男妓玩，他也沒有從早到晚待在女巫的屋子，跟那些傢伙搞七捻三，葉賽妮亞那一夜親眼見過的，也就是那一夜，阿嬤操起雞骨剪把她的頭髮給剪了，叫她滾去睡庭院，雜種小賤貨就該睡那裡，阿嬤這麼對她說。葉賽妮亞用不著白皮仔姊妹跑來跟她說什麼新聞，她早用自己的雙眼看見一切，隨即趕回家叫醒提娜太太，對她說她寶貝孫子正在幹什麼下流勾當，看阿嬤會不會停止欺騙自己，認清她收留了怎樣的寄生蟲，看她會不會停止把所有的事怪在葉賽妮亞頭上，就因為她是老大，就因為她的責任是顧好表弟，不是到處亂講後來被白皮仔姊妹散播得滿天飛的假話，後來鎮上的低級懶鬼又把這些流言蜚語傳得到處都是。不管葉賽妮亞怎麼說，阿嬤一個字也不肯信，只是對她低吼：阿蜥，妳真是唯恐天下不亂，妳是腦袋壞掉了吧，只有妳會編這麼齷齪無恥的謊話，妳還要不要臉，到處找男人就算了，現在還拿來反咬妳表弟？妳這個壞心眼的小婊子，看來只有一招能讓妳再也不敢偷溜出門。阿嬤用雞骨剪把她的頭髮全數剪光，葉賽妮亞動也不動地坐著，像隻被車燈照到的負鼠那樣不敢動彈，生怕寒冰似的刀刃會割傷她，事後她在庭院待了一夜，因為雜種小賤貨就該睡那裡，阿嬤還說：這種渾身髒臭的畜生，連長滿跳蚤的床也不配睡。她花了好長一段時間抖落卡在衣服上的頭髮，擦掉眼淚，等雙眼終於適應黑暗，她解下晒衣繩，狠狠抽打房子的後牆，直抽到因潮溼而生的壁癌片片飛落，然後她把目標轉向廚房窗下的樹叢，直打到枝條光禿，好在他們當時沒養羊，否則她絕對會把一隻羊給活活抽死，也幸好她那個孬種表弟再也沒回阿嬤家，因為葉賽妮亞下定決心要殺了他。她整夜守在黑暗的走廊，手裡握著變鈍的甘蔗刀，準備好等那個王八蛋蹣跚走進來時就要宰了他，他臉上一定掛著得意洋洋的笑，因為每件事對那小子來說都是個笑話，包括葉賽妮亞給他的拳打腳踢，包括阿嬤的懇求跟啜泣，他壓根什麼都不在乎，只在乎自己。誰曉得，搞不好他連自己也不在意，嗑藥八成毀了他正常思考的能力，他八成根本什麼也沒想，根本不明白他給身邊每個人帶來多少痛苦，就像他那個爛貨老爸。貝爾碧曾經說：看著吧，上梁不正下梁歪，有其父必有其子。聶格菈插嘴說：妳是要說有其母必有其子吧，那個臭小子長大一定會像他那個放浪老媽，那女人早就有一堆齷齪事蹟在村裡流傳，甚至有傳言說是她害死了七個男人，七個司機，都是同一間貨運公司，都是死於愛滋，死了七個呢，如果你覺得那些流言是真的，算上莫里歐舅舅就是八個了；最可怕的是那個臭婆娘自己活得好好的，完全看不出她內裡病得多重、身體多爛，外表看起來好得很，一丁點體重都沒掉，出了名的好身材依舊前凸後翹，她在高速公路上經營那個破爛娼館，金主是她的情人，那個金髮男是影子幫從北部派過來的，負責在這一帶販毒，開著改裝華麗的全黑貨卡在高速公路上呼嘯，那個影片上的人就是他——你知道的，那個很紅的影片，每個人都在手機上傳來傳去，拍他對一個女生做了什麼恐怖的事，那女生根本還只是個小孩，整個人骨瘦如柴，甚至沒力氣把頭抬起來，因為嗑太多了，不然就是病得太重，大家都說那些禽獸就是這麼對待從邊境附近綁來的可憐少女：

丟進妓院像奴隸似地賣身工作，等她們沒有被操的價值了，就當成羊一樣宰掉，像影片裡拍的，把她們大卸八塊，再把肉賣給路邊的小吃攤，謊稱是上好的肉，最適合做這一帶聞名的玉米羊肉粽。阿嬤在餐館裡賣的肉粽也是這種，差別在於阿嬤是用真羊肉做的，不是女孩肉，是百分之百的純羊肉，阿嬤會在庭院親手宰羊，要不就是去鎮上的市集跟丘伊先生買肉，是羊肉，才不是鎮上亂傳的什麼狗肉，那些惡毒傢伙整天沒事幹，只會到處散播憑空揑造的假話，比如該死的白皮仔姊妹，那些小賤人老是去不歡迎她們的地方探聽八卦，都是她們害的，阿嬤才會老是纏著葉賽妮亞，整天問那小子還有跟他同居的女生，活像葉賽妮亞除了追著那小子跑之外沒有別的事好做，活像她一整天還不夠忙，要照料阿嬤、料理三餐、洗衣服、顧表妹，一群小孩全是懶惰的臭小鬼，從來不聽她的話，非要她出手揙她們腦袋。要不是白皮仔嘴巴那麼大，一切根本不會有事，一切都會照葉賽妮亞在禮拜一計畫好的走，就是五月一號的那個禮拜一，那天她聽到縫紉用品店的老闆娘瑪莉跟另一個太太說，當天早上不到幾個小時之前，有人在工廠附近的水圳發現了女巫的屍體，還說她被割喉，渾身都腐爛了，又被禿鷹啄食，臭氣沖天，連警察局長里戈里多看了都作嘔。葉賽妮亞當時跟凡妮莎來到鎮上，聞言頓時停下腳步，不禁想起她禮拜五見到的光景，那天她早起去河邊挑水，結果撞見她表弟光著腳、赤著上身，踉蹌著腳步沿小路走來，這無恥的狗崽子居然有臉問她水質怎麼樣，葉賽妮亞說很清澈，隨即轉身回家，雖然她很想揍爛他那張蠢臉，跟他說他闖了多少禍。葉賽妮亞沒跟任何人提起她那天早上在河邊見到他，當然也不敢對阿嬤和表弟妹說。過了幾個小時，她又瞥見那個小子在外面晃蕩，一樣是禮拜五那天，不過這次是下午大概兩、三點，她站在庭院的洗衣槽旁刷洗阿嬤的內褲跟睡衣，因為阿嬤剛剛尿在上面，這時她聽見有車順著泥土路緩緩往屋子開來的聲響，於是她探出頭去，恰巧瞥見一輛藍色廂型車，也可能是灰色，很難說，因為車身滿是灰塵跟泥巴，這輛車的車主是個男的，人人喊他穆拉，他老婆正是生她表弟的那個臭髒賤貨。穆拉這人沒什麼鳥用，瘸了一條腿，不光酗酒還靠女人養，整天遊手好閒，只會跟那小子開著廂型車到處逛。她當然認得穆拉，除了他鎮上沒人有那種車，何況車窗開著，可惜當下她看不清車裡還有沒有別人，不確定那小子是不是也一起過來要找阿嬤。葉賽妮亞甚至舉起溼答答的手，舉在額前充當遮陽板，試著細看他有沒有在廂型車上，但仍舊看不清。她的心臟開始猛跳，打從那天早上，她便止不住地又懼又怒，一方面怕她表弟會跑來惹阿嬤不高興，另一方面氣那小子離家害老太婆那麼痛苦傷心。她把衣服留在洗衣槽，走向外頭的泥土路，視線始終沒離開廂型車，驚駭地瞧見車子繼續往前開了大約兩百碼，接著停下，幾乎是在女巫的宅子正前方。烈日照得葉賽妮亞的雙眼泛起淚水，可是她一秒也沒把目光從車上挪開，確信她那混帳表弟隨時會下車，但不到幾分鐘，房間裡的阿嬤開口哀叫，葉賽妮亞只得過去看看她，因為屋裡沒人，好在幾個女孩再過不久就會放學回家，前提是那些白痴沒像平常一樣在路上瞎混。所以她過了好一段時間才回到庭院，發現廂型車還停在同一個地方，這時她冷靜了些，動手把她留在槽裡浸泡的衣物沖洗、扭乾，時不時偷往泥土路瞄個幾眼。正要抱著衣物走去晒衣繩時，她看見女巫房子的門猛地甩開，兩個小夥子搬著第三個人出來了，抓著那人的手臂跟雙腿，彷彿那人不省人事或爛醉如泥。其中一個小夥子就是她表弟，本名叫莫里歐・卡馬戈・克魯茲，別人都叫他路易斯・馬吉爾，或是小路易斯——葉賽妮亞敢拿她的性命打賭絕對是他，那個臭小子可是她帶大的，隔著十哩她都認得出那一頭亂糟糟的捲髮。她也確定他們搬的那個人正是女巫，從身形尺寸就看得出來，而且那身衣服全是黑色，從葉賽妮亞有記憶以來女巫只穿這個顏色。她也認得跟表弟走在一起的另一個小鬼，是公園的一個小無賴，她不曉得對方的名字或綽號，但他跟表弟差不多高，大約五呎五，身材也差不多乾乾瘦瘦的，不過頭髮是黑色，剪得非常短，在額前略略梳起，是年輕人之間流行的髮型。五月一日禮拜一那天，她把這一切通通告訴了那個心不甘情不願聽她說話的警察，結果又對地區檢察官的祕書重講了一遍：表弟的名字、他住在哪裡，以及她那晚偷偷跟蹤他去女巫的房子時親眼見到了什麼，就是那些阿嬤不肯相信的齷齪事。葉賽妮亞半夜叫醒阿嬤，把那些齷齪事告訴了她，好讓她認清她孫子是怎樣的垃圾人渣，然而阿嬤一個字都不信，說都是葉賽妮亞胡謅的，因為她有一副下流歹毒的心腸，只有葉賽妮亞才會夜裡偷溜出去幹那種骯髒事，然後阿嬤抓著她的頭髮拖她到廚房，操起巨大的雞骨剪。有那麼一瞬間葉賽妮亞以為阿嬤是要捅穿她的喉嚨，她閉上雙眼，不想看自己的血濺在廚房地板上，但她接著感覺到凹凸不平的刀鋒貼住她的頭骨，聽見刀刃剪下一綹綹濃密髮絲的細微喀嚓聲，是她維持得那麼美麗的頭髮，是她身上唯一討人喜歡的地方：她有一頭又濃又直的黑髮，每個表妹都很羨慕，因為她的頭髮柔亮滑順，媲美他們最愛用的肥皂上面印的廣告女演員，不像阿嬤跟表妹的頭髮又硬又捲。阿嬤說跟羊毛沒兩樣，就是黑人女孩常見的蓬鬆毛躁黑髮，就連據說有義大利血統、一雙綠眼的貝爾碧也逃不掉這個家族基因，唯獨葉賽妮亞沒有，明明她是全家最醜、最黑、最瘦巴巴的，可是唯獨她擁有這麼一頭秀髮，宛若絲綢簾幕般披落於肩膀和背脊，恰似一面黑藍天鵝絨做成的瀑布，那夜卻被阿嬤剪光了，剪到葉賽妮亞活像從瘋人院放出來的，阿嬤說是為了給她一個教訓，看她這下要怎麼偷偷摸摸到處找男人。為了頭髮，葉賽妮亞一面哭一面把大撮大撮的髮絲從衣服上撥掉，抓起晒衣繩抽打房子牆壁，抽打窗戶底下的樹叢，打到枝條和她的頭一樣禿。反正現在她什麼眼淚都流不出來了，無論是傷心或憤怒的淚水都沒了，只是靜靜聽著阿嬤在房裡哭她的孫子，老太婆每一聲抽泣、每一聲哭號，都有如冰刃般刺在葉賽妮亞的心上。她暗忖，全是那個小子的錯——那個臭小子總有一天會害死阿嬤，不管怎麼說，阿嬤對葉賽妮亞而言就像母親，畢竟聶格菈跟貝爾碧如今對她們不聞不問，不打電話，也不給錢。這廝非死不可，葉賽妮亞早就準備好要打他個半死，她一夜沒睡，在黑暗中等待，準備好在他一如往常半夜溜進屋裡時立刻撲上去，用她在洗手槽下找到的生鏽甘蔗刀，鈍澀的刀刃飄著銅的鏽味，是硬幣的臭味，她要用這把刀劃爛他的臉，割斷他的喉嚨，你幹的好事我都知道了，混帳小子，你的好日子到此為止，我不會再看著你把阿嬤耍得團團轉了，殺了他之後，她會在庭院的地底挖個洞把他埋起來，要是阿嬤想把她扭送警局，那她會安安靜靜地過去，只要知道她替阿嬤永遠除掉了那個只會吸人血的狗雜種，她就心滿意足。偏偏臭小子那晚始終沒現身，隔天也沒回來，下週、下個月也沒有。他再也沒回阿嬤家，甚至沒來收拾衣物，當然更沒有向阿嬤道別，感謝她為自己所付出的一切——到頭來又是那些智障白皮仔跑來跟阿嬤多嘴，說那小子跑去跟他媽媽住了。老太婆大受打擊，不敢相信他竟然拋下親阿嬤選了那個賤女人，只因為那個臭婊子願意對他幹的各種破事不聞不問，壓根不顧阿嬤把他當親孫子拉拔長大。後來阿嬤實在太痛心難過，兩個禮拜後中風，就這麼半身不遂，然後過了一年，她在浴室摔了一跤，從此再也起不了身，天曉得要是阿嬤聽說臭小子是殺人犯、聽說他要被抓去關，會不會承受不住。她八成一樣會去探望他吧，真是老傻子，會給他送錢、送吃的、甚至送菸，像她在莫里歐舅舅被關的時候那樣，她會叫葉賽妮亞幫她穿好衣服，替她叫計程車去鎮上的車站，活像計程車很便宜似的，活像這可憐老太婆依然相信自己哪裡都去得了，但事實是她已經整整兩年下不了床，看她的皮膚潰瘍就知道了。不行，絕不能讓阿嬤發現那小子殺了人，無論如何都不能讓她知道告發他的正是葉賽妮亞，五月一日禮拜一那天她去了警察局，什麼都說了，連他的全名跟住址都說了，好讓警察動身逮捕他，那是她在市場的縫紉用品店聽到老闆娘說那些話之後的事，聽到的當下她呆站在原地，心想要是她鼓起勇氣跟警察說她那個禮拜五早上看到了什麼，接著中午又看到了什麼，不曉得會怎麼樣？她也心想，萬一阿嬤發現不知會怎麼說，但又想，她真的恨死那個廢物王八蛋，如果他坐牢就好了；與此同時，凡妮莎站在原地白痴似地傻瞪著她，被她阿姨突然僵住的模樣給嚇著了。最後她總算叫那女孩回家，說：現在就去，跑得越快越好，叫妳媽跟妳阿姨她們都待在家裡，不要讓任何人進門，誰都不准，聽到沒？尤其是那些天殺的白皮仔。為何什麼事都逃不過她們的耳朵？彷彿有觸角似的，搞不好她們幾個不要臉的賤胚也有女巫血統。她們明知老太婆每次聽說那小子的事反應都很大，怎麼還敢跟阿嬤說三道四？她們怎麼忍心跟阿嬤說那小子被抓了，說他被控殺了女巫？她們不可能曉得是葉賽妮亞告發的，對吧？那阿嬤到底是怎麼知道的？阿嬤在葉賽妮亞傾身探視她的狀況時，直直望進她噙著淚水的雙眼；這天她去看阿嬤的時間比平時晚，因為那些混蛋警察帶她去檢察官辦公室重新講一遍，結果那個弱智祕書花了幾百年才把葉賽妮亞的證詞打進電腦給她簽名。等她終於回到拉馬托沙，天色已經黑了，家裡燈火通明，看到這光景她頓時明白出了大事，拔腿奔進屋裡，趕到阿嬤的房間，只見她倒臥在床上，嘴巴大張，有如凝結在吶喊之中。後來是一臉蠢樣的小球把原委告訴了她：阿嬤幾個小時前哭得太凶，於是又發作了，是因為白皮仔剛剛在傍晚時跑來告訴她，到處都在傳警察抓了那小子，說他是殺了女巫棄屍在水圳的嫌疑犯。葉賽妮亞簡直想甩小球一個耳光，想飆罵她怎麼做事這麼不小心，到底為什麼讓天殺的白皮仔進門？明明葉賽妮亞跟凡妮莎說得那麼清楚，要每個人都待在家裡，不准讓任何人進屋，尤其是那些白痴母豬。這時她逐一環視在阿嬤床邊哭喪著臉的眾人，倏然醒悟凡妮莎那個狗東西不在，顯然小騷貨善加利用了阿姨讓她獨自回家的好機會，跑去找她男友鬼混了，她男友是個愛呼麻的討厭鬼，老是趁放學時間在附近偷偷徘徊。葉賽妮亞別無選擇，只好離開臥室，走出屋子，順著泥土路走到白皮仔家裡，對著門又踹又捶，痛罵那些長舌八婆，問那些蠢蛋拿一堆鬼話氣阿嬤到底安的是什麼好心，如果她不跑來對白皮仔發飆，剩下的選項就是把小球給揍個半死，誰叫她生了凡妮莎這個該死的蠢蛋，連那麼簡單的指令都聽不懂。想也知道，白皮仔沒有開門，甚至不敢把頭往窗外探，因為他們知道要是敢對葉賽妮亞回嘴個一字半句，她鐵定連牆壁都會踹倒，所以他們連聖母祭壇上的蠟燭也沒敢點，即便葉賽妮亞吼到喉嚨都啞了。後來她跺著腳步回到家，和圍在身邊的一眾表妹和外甥女一同等待，等小石頭從鎮上帶醫生回來，也等凡妮莎回家。葉賽妮亞盤算著等這個小婊子一踏進屋裡，她就要用溼繩狠狠抽她一頓，與此同時阿嬤發出哮喘聲，費力地想活下去，她已經沒辦法說話了，有那麼令人心驚的一瞬間，她把目光從天花板扯開，這時葉賽妮亞正讓她枕在自己的大腿上，輕撫老太婆粗糙的白髮，對她說不會有事的，一切都會沒事的，醫生正在趕過來的路上，他會讓她好受一點，再支持一下，她一定要撐住，為了她，為了大家，為了那些愛她的孫女。

可是老太婆的視線往下一轉，跟葉賽妮亞對視，她頓時說不下去了，天曉得葉賽妮亞怎麼看得出來，但她可以對著十字架發誓，阿嬤注視她的眼神就像是知道她做了什麼，像是能讀到她的心，明白就是葉賽妮亞跑去告的狀，告訴鎮上的警察那小子住在哪裡，好讓警察去抓他。葉賽妮亞在老太婆怒火灼燒的目光中滅頂，恍然明白阿嬤對她恨入骨髓，在這一刻，她正對葉賽妮亞下詛咒；葉賽妮亞用幾乎細不可聞的聲音求她原諒，解釋說一切都是為了她，然而已經太遲——阿嬤又一次打中葉賽妮亞的要害，老太婆渾身恨得直發抖，在她的長孫女懷中當場斷了呼吸。

四

他說真的，是真的，一字不假，他什麼也沒看到，他用媽媽的靈魂起誓，願她安息，他真的什麼也沒看到。他甚至不曉得那些狗崽子對她做了什麼，少了拐杖他等於是被關在車上，再說那小鬼叫他乖乖待在方向盤前面，不要把引擎熄火，他們過幾分鐘就會回來，起碼穆拉是這麼理解的。他只知道這麼多了，他沒有為了看得更清楚而下車，也沒有轉頭透過打開的側邊車門往外瞧，雖然老實說他是有點想，他還壓下了想看後視鏡的衝動。他覺得太毛骨悚然了，因為天色忽然轉黑，一陣強風推著大片大片的陰雲越過鄰近的山丘，吹得一根根甘蔗往地上亂打，他對自己喃喃說道再過不久就要下雨了，結果眼睜睜看著一道落雷自晦暗的天空無聲降下，擊中一棵樹，不帶任何聲響地將之化為焦炭。寂靜是如此深沉，有那麼一瞬間他還以為自己聾了，因為他只聽得見腦袋裡劇烈的嗡鳴，非要那兩個傢伙猛搖他，他才倏然回過神來，這時他才明白自己沒聾，他能聽見兩個混蛋大吼著要他快踩油門，踩油門，快啊，你這個臭瘸子，用你的腳踩下去，引擎已經發動了，快點離開這裡，沿著泥土路開去河邊，繞過瓦卡斯海岸，往鎮上的墓園駛去，然後順著大馬路穿越貴博鎮，經過路上唯一的幾盞路燈跟公園，直到他們返回通往拉馬托沙的高速公路。一路上穆拉都想著回家多好，他想拎著一瓶茴香酒上床去，把自己灌到不省人事，把什麼都忘掉，連查貝拉好幾天沒回家也忘掉，也忘掉車子高速飆過泥土路時，廂型車的車頭燈似乎反倒讓黑暗更顯濃稠，忘掉那兩個白痴的笑聲，穆拉壓根沒把他們開的玩笑給聽進去。最終等穆拉在床上躺平，他還考慮了一下要不要跟小路易斯要幾顆藥來吞，因為他每次闔上眼試著入睡，身體就會打起顫來，胃裡翻江倒海，身下的床鋪像是驟然消失，彷彿他顫巍巍立在懸崖邊，即將落入深淵。然後他會張開雙眼，在床上翻來覆去，試著再度入睡，結果又是同樣的頭暈目眩感，接著他打給查貝拉，可是她的手機依舊沒開，他就這麼度過一整夜。最後他甚至考慮要穿過庭院，跟小路易斯拿點藥丸來吃，看看這樣他是否總算有辦法睡著，一路睡到中午，不過他心底明白，少了拐杖，他是走不到那小子的房間的。於是他認命地在床上輾轉反側，最後終於睡了場不安穩的覺，聽到遠處的雞叫聲，加上太陽照進窗子，他這才醒來。他不怎麼想起床，可是他受不了房間裡的悶熱，受不了自己身上的體臭，受不了身旁查貝拉本該睡的位置空空蕩蕩，所以他掙扎著起身，扶著家具跟牆壁，蹣跚走去庭院撒尿梳洗，天曉得那時幾點了，但那小子依然毫無動靜，看起來他是不會馬上起床了，因為穆拉在庭院瞥見他呈大字型躺在床墊上，床墊差不多塞滿了他那個小小空間的地板（他管他那房間叫「小屋」），雙臂張著，近乎紫色的浮腫雙眼半開半閉。從他前一天晚上嗑掉的藥丸數量來看，小路易斯估計睡到隔天才會醒，看哪，到了禮拜天晚上，他果真爬出了那個狗窩，穆拉瞧見他歪歪斜斜穿過庭院，沿著泥土路走向高速公路去了，想必是要去搞來更多錢，好買他那些沒屁用的爛藥。穆拉永遠搞不懂那小子嗑的藥到底有哪裡好——為什麼有人願意整天痴呆地神遊太虛，舌頭黏住上顎，腦袋像沒訊號的電視一樣空白？如果是喝酒，起碼人生中的好事會變得更棒，鳥事則會變得容易消化一點，大麻也有差不多的效果，起碼穆拉是這麼想的。可是小路易斯當成糖果狂嗑的藥丸總是讓穆拉只想躺下，除了睡覺之外啥也不幹，甚至不會讓你夢到超瘋狂的東西或冒出幻覺，人家都說鴉片會有那些作用，不，那種藥丸只是讓你墜入無比深沉的睡眠，像懶鬼一樣狂睡，再倒抽一口涼氣驚醒，頭痛欲裂，雙眼腫得幾乎睜不開，完全想不起你是怎麼上床的，或是你為什麼會滿身泥土甚至滿身屎尿，或是誰把你痛打一頓。小路易斯那小子說藥丸讓他覺得很讚、很平靜，比較像個正常人，不會焦慮或發顫，而且讓他擺脫老是想打響指的討厭衝動，他從小就有這種不由自主的習慣，還會一下子把頭甩向一邊，照他說，只有吃這些藥才會讓他停止那些動作，要是不吃，他就會又開始發顫、做出不受控制的行為，也會有各種不對勁的感覺，比如牆壁動起來把他圍住、抽的菸沒有任何味道，或是胸口緊得難以呼吸，總歸一句，那小子為了不用戒掉那玩意，藉口真是多得很。就連他邀諾瑪搬進小屋也沒用，他依然沒徹底戒掉，雖然他誇口說再也不碰了，只碰啤酒跟大麻，藥丸是再也不吃了，他嘴上這麼說，卻只撐了不到三個禮拜，然後他媽的諾瑪就跑去跟警察通風報信，害那小子為了他根本沒幹的事坐牢。他唯一做的錯事就是幫了那個傻妹，她根本是個雙面婊，招來一堆麻煩、一堆爭吵，穆拉從來沒喜歡過那小鬼，從來沒信任過她，她裝出一副連螞蟻都不忍心傷害的模樣，講話正經八百成那樣真是蠢死了，每個人都被她哄得服服貼貼，連查貝拉也是。誰想得到，查貝拉耶，她號稱石劍酒店古往今來每個女孩會玩的把戲通通給她摸得一清二楚，但連她也對小諾瑪毫無招架之力，僅僅兩天，諾瑪在屋裡住了不過兩天，查貝拉已經逢人便說她一直想要像這孩子一樣的女兒，瞧她又聽話又努力，又這麼好相處，好這個，好那個，什麼都好，活像是競選宣傳，真是個笨女人，但是穆拉再怎麼覺得他老婆的過分吹捧有夠噁心，也只能嘖嘖幾聲忍下去。看到那女孩他心裡就一股火，她會在屋裡、在爐灶旁出現，有時洗碗，有時純粹是在查貝拉身邊探頭探腦，臉上掛著假笑，那張土生土長的原住民臉蛋泛著粉紅，充滿了做作的純真感，不管查貝拉說什麼都跟著點頭。他老婆愛這女孩愛得要死，無比享受她的關注，卻似乎忘了他們如今不只要養一個米蟲，而是兩個，坦白說，穆拉完全不相信那幅闔家歡的假象，老是忍不住懷疑那女孩打著什麼算盤，她究竟是哪裡來的，到底看上那小子哪一點？什麼他們是天造地設的一對，這種鬼話他根本聽不下去，哪個腦子正常的女人會看上那種營養不良的邋遢鬼，一起住在髒死人的豬圈裡？穆拉敢說背後一定有什麼算計，但他決定閉緊嘴巴，反正白痴小路易斯一向愛做什麼就做什麼，幹麼浪費力氣去勸？再說穆拉已經警告過他一次了，就在小路易斯跑來要穆拉載他去鎮上的那一晚，當時他想去藥局幫諾瑪買點藥，因為諾瑪正在流血，看起來很痛苦，穆拉的第一個念頭是那個小戲精又在裝了，想害他們像智障一樣浪費錢跟汽油，那天晚上他還跟那小子吵了起來，因為穆拉叫他不要被騙了。他不曉得那是正常的嗎，女人的屄每個月都會流血啊，不需要吃藥啦，如果真有必要，小路易斯在拉馬托沙找康查太太買幾條毛巾就好，用不著大老遠跑去鎮上。難道他真有這麼蠢？可是那小子死活不依，沒完沒了地說什麼這次不一樣，諾瑪很痛，她全身都好燙；最後穆拉到底是說服了他，讓他知道一切都很正常，於是那小子又溜回小屋去了，穆拉能看見他倆躺在那個酸臭的床墊上，小路易斯抱著她，好像她命懸一線似的。這女的有夠會演，穆拉喃喃自語地說。誰知道後來發現她果真情況危急，那小子半夜跑來叫門，差點把前門給踹破，把他嚇掉半條命，只見那小子懷裡抱著諾瑪，她皮膚泛青，嘴脣泛白，兩眼像被附身一樣往上翻，雙腿之間血液直淌，溼答答地滴在地板上，那小子近乎發狂，不停說著她在床墊上留下一灘血，說諾瑪失血太多，拜託，拜託，他一定要立刻載他們去鎮上的醫院。穆拉對小路易斯說他會載，條件是他要在諾瑪身體下墊個東西，墊條抹布或毯子什麼的，因為他不想讓車子座位被她弄髒，小路易斯照著他的話做了，可是做得實在太爛，汽車內裝到頭來照樣沾滿了她的血跡，而且穆拉連教訓那小混蛋一頓或是叫他刷乾淨的機會都沒有，畢竟後來又發生了那些事。他們送諾瑪去醫院之後，在外面像兩個笨蛋一樣徘徊，等著誰出來告訴他們那女孩的情況，就這麼坐在架高的花圃邊緣一路等到中午，小路易斯這時終於等不下去了，衝進醫院問到底是怎麼回事，因為誰也沒來告訴他們；大概十五分鐘以後那小子出來了，表情像是被甩了個耳光，抱怨說不知哪個社工通報警察來抓他們，但是在回拉馬托沙的路上，他什麼也不肯對穆拉說，連到了莎拉胡安娜的店裡也不說，穆拉帶那小子去那裡打算喝杯啤酒，結果莎拉的蠢女兒送上來的啤酒是溫的。No quiero que regreses nunca más（註4），收音機播著這首曲子，prefiero la derrota entre mis manos，是整天不間斷播放蘭契菈舞曲的那一臺，這些歌讓穆拉煩得要命，si ayer tu nombre tanto pronuncié，就不能播點騷莎嗎？hoy mírame rompiéndome los labios，誰知道那小子一副就要嚎啕大哭的樣子，布滿血絲的雙眸泛起淚光，穆拉甚至心想諾瑪搞不好掛了，不然就是病入膏肓需要動昂貴的大手術。不過三杯啤酒下肚，那小子依然守口如瓶，那一整天下來他什麼都沒透露，即便穆拉同意帶他去鎮上的酒吧找威利，讓他買些已經三個禮拜沒碰的白痴藥丸，天知道他究竟吞了幾顆，但是等店家打烊時，小路易斯已經癱在地上，恍惚

註4　本段歌詞大意為：「我再也不要你回來／讓我就這麼毀了吧／昨天我用力呼喊你的名字／今天我已將嘴唇咬破。」

到了極點。穆拉只得請路人幫忙把他扛到廂型車上，那小子最後就在車上過了一夜，因為他們終於回到拉馬托沙的時候，穆拉根本叫不醒他，也不可能獨力把他搬下車。隔天穆拉醒來時，他完全不曉得是幾點，因為他的手機沒電了，一丁點電力也不剩，查貝拉出外工作還沒回家，穆拉有點擔心，最近查貝拉經常一連兩三天不回來，大概是在服務客人吧，問題是那婊子什麼也沒告訴他。他起身想將手機插上電線，好打給他老婆，說他覺得她對待他的態度實在太過分，可是他彎身到床邊找充電線時忽然一陣暈眩，害他差點往地上摔，所以他決定回床上躺一陣子。被褥浸著他老婆的味道，彷彿那個瘋婆娘深夜偷偷回來過，往床上噴了香水，然後又回街上縱慾狂歡，也像是她在他半睡半醒之間回來了，正站在門口凝視著他，那黑影籠罩在震耳欲聾的靜默之中，穆拉一直覺得沉默比什麼尖叫怒吼都要可怕，所以就在那個當下，他開口跟她說前一天晚上的事：寶貝，那個他媽的小子得用抱的把諾瑪抱出來，她的血流得到處都是，小婊子看起來命都沒了，醫院的那些爛貨還差點叫條子來抓我們，不過穆拉很快便察覺他只是自言自語罷了，房間裡沒有別人，被他錯當成查貝拉的影子已然消褪。他把充電線插上手機等待開機，結果發現查貝拉連封訊息也沒傳，什麼都沒有，沒有解釋，連句操他媽的問候也沒有，這個自我中心的臭女人。他試著打電話，五度按下通話鍵，五度轉接語音信箱。他套了件在地板上找到的衣服跟褲子，四處找他的拐杖，結果原來拐杖不知怎麼的跑到他床底下，之後他出門去看那小子，好確定他還活著，沒在車裡吐得到處都是。他果真還在那，蝸牛似地蜷曲著窩在副駕，厚脣微微張開，雙眼抽動，頭髮貼在窗上。喂，穆拉出聲叫他，用手掌猛拍窗戶把那小子叫醒，然後才開車門。裡面熱得像烤箱，這呆瓜怎麼受得了這種熱度，怎麼受得了滿頭滿臉、浸透他衣服的大汗？穆拉說：走，去喝杯酒解宿醉，邊說邊發動廂型車，那小子看也沒看他一眼，只是點點頭。穆拉懶得問那小鬼身上有沒有錢，臭小子當然是一毛錢也沒有，但他實在是需要來點什麼振作一下，喝點湯跟冰啤酒，治一治他那顆開始劇烈抽疼的腦袋，而且他也想叫那小子說說諾瑪到底出了什麼事。雖然他不久便後悔了，因為那個不要臉的傢伙點啤酒的勢頭活像他們還在莎拉胡安娜的小酒吧，但莎拉胡安娜店裡的卡瓜瑪啤酒賣三十披索，可是在路沛・卡雷拉這家店，光是普通尺寸的一瓶就要二十五披索，不過這錢付得很值得，人人都知道路沛・卡雷拉用狗肉燉的「羊肉湯」是這一帶最好喝的。要穆拉說的話，他才不在乎他用僅剩的幾顆牙耐心咀嚼的多汁肉條是羊肉、狗肉還是人肉，路沛・卡雷拉的特製醬料才是精髓所在，那是他們百分百自製的醬料，簡直是天主賜給人類的贈禮，好吃得要命，充滿了療癒的力量，馬上讓他恢復了元氣，甚至暗自心想如果查貝拉現在回家有多好，她大概只是跟客人在一起，他何必那樣小題大作的，整天幻想那個蠢女人終於打定主意拋棄他了，是吧？他還心生衝動，想開車去鎮上的金貝殼酒吧見見朋友，找些事情打發時間。那小子則恰恰相反，一副可憐樣，歪著頭坐在位子上，雙臂垂在身邊，他那碗湯動也沒動，也沒碰擱在木桌上的湯匙，桌面上散落著洋蔥和香菜碎片。喂，穆拉開口道，腹裡冒起一股火來，每次看那小鬼露出這種死樣子他就生氣，這種軟爛樣簡直跟腦死差不多，現在他甚至沒辦法說是因為那小子跟公園或酒館那票人喝掛了或嗑嗨了，不對，那小子只是不想跟人說話，不想聽人說話，只想躲在自己的世界裡，與外界徹底隔絕。穆拉有時很想甩他幾巴掌，看看他會不會認清現實，或是有任何反應都好，但他知道沒用的，臭小子年紀夠大了，應該曉得他去惹事就該承擔後果，比如說他跟諾瑪鬧的這麼一齣。

喂，穆拉說：所以你跟你馬子是怎麼了？小路易斯的肩膀更加垮下來，手肘抵住桌子，開始扯他髒亂的長髮，穆拉又問了一遍：快說啦，媽的！怎麼了，發生什麼事了？那小子跟他該死的媽一樣浮誇，真是一個模子刻出來的，他深吸一口氣，搖搖頭，一口喝乾了啤酒，招手示意路沛·卡雷拉再給他第三瓶——狗娘養的東西，一瓶他媽的二十五披索欸——然後等她打開酒瓶，這才告訴穆拉，他進急診室問諾瑪的情況，護士全都裝傻，最後帶他去了一間堆滿文件的辦公室。那裡有個頭髮染成金色的女人自稱是醫院的社工，跟他要諾瑪的文件，像是她的出生證明、能證明他跟諾瑪合法結婚的證書，他當然沒有那種東西，於是那個賤貨告訴他既然這樣，那警察馬上就要過來抓他了，罪名是誘拐未成年少女，天知道醫院用了什麼方法發現諾瑪未成年，發現她才十三歲，她……穆拉被啤酒嗆得直咳嗽，被這小子告訴他的內容給嚇壞了，他對天發誓他壓根不曉得諾瑪這麼小，根本是個小孩子，老天爺，真的完全看不出來，救命喔，那女孩真夠高壯的。等他的咳嗽總算止住，他啞著聲音勉力說道：開什麼鬼玩笑，你這個白痴，媽的智障，你腦子在想什麼啊，竟然對十三歲小孩下手，他們沒把你抓去關簡直是奇蹟，你明知道你不能跟那麼小的女孩子結婚，真的蠢到家。但那小子一口咬定他們可以結婚，諾瑪不是小孩了，她是成熟的女人，已經有辦法自己決定要跟誰在一起了，再說他阿嬤嫁給他阿姨聶格菈她爸的時候也是十三歲。穆拉扯著小鬍子說：小鬼，那又不代表什麼，現在跟以前不一樣了，法律改了，你這個小畜生，現在你不能這麼幹了，就算有她爸媽的同意，你也不能跟那麼小的女生結婚，所以你自己把事情搞定，不要再做夢了，忘了那個小北鼻，她只會招來麻煩而已，八成就是她跟社工告你的狀，故意要整你，這些該死的臭婊子都是這樣。偏偏那小子不聽他的勸，只是搖著頭，不經大腦地反駁，顯然已經打定了主意：不行，我不能丟下她，我要帶她離開那裡，我要救她，她只剩下我了——他不能讓她失望，何況他們有了小孩，雖然他還沒想到該怎麼從醫院把她救出來，好讓他們倆繼續在一起……他對著穆拉咕噥這一大串鬼話，穆拉則啞口無言呆看著他，想起沿著諾瑪雙腿汩汩流下的血，以及她留在廂型車上的血跡，他強烈懷疑小孩已經沒了，前提是她真的懷過孕，搞不好她頂著走來走去的小肥肚裡全是寄生蟲。他媽的這些女人，一個個都愛搞這種爛戲，就為了綁住你把你整得慘兮兮，不過穆拉很小心地沒把這些心思說出口，畢竟說到底這一切跟他有什麼關係？諾瑪、小路易斯、他們據說懷上的小孩……他幹麼要煩惱，小路易斯這個蠢貨已經大到能收自己的爛攤子了，護著他告訴他什麼該做、什麼不該做又不是穆拉的責任，再說那小子每次聽到穆拉的建議都嗤之以鼻，明明他是出於一片好心，可到頭來那小子老是不聽他繼父的金玉良言，只照自己的意思愛怎麼搞就怎麼搞。跟查貝拉一個樣，跟他老媽一樣冥頑不靈，頑固得像頭騾，又有個要命的傲氣，你要是對這兩個人指手畫腳就是找架吵，每次都是你得讓步，像龜孫子一樣陪笑，甚至還要為了惹他們不開心而道歉。比如去年那一次，穆拉找到幫貴博鎮鎮長候選人助選的工作，他們政黨——應該說是政府，他們承諾穆拉每拉到一票就能拿到一筆現金，他還跟政治圈的人交上了朋友，都是些有頭有臉的人物，在街上看到他會跟他打招呼，對他揮手，喊他以賽亞先生，不像鎮上那些愛裝熟的混蛋直接喊他穆拉。有段時間他還出了點名，因為有天市長候選人阿道夫·培瑞茲·普列托親口問他要不要照張相，他想跟穆拉合照，那天穆拉碰巧穿了印有黨徽的上衣，又戴了培瑞茲·普列托的帽子，還有人拿了輪椅過來，天知道他們是從哪裡變出輪椅的，然後他們叫穆拉坐在輪椅上，這樣培瑞茲．普列托就能拍張推著他走的照片，兩個人都露出微笑。這張照片被放在高速公路那個巨大的看板上，穆拉頭一次看到自己的臉被放得那麼大，只要從馬塔柯奎特進入鎮上就會看到了，看板上寫著「培瑞茲．普列托：說到做到」之類的口號，確實是沒錯，畢竟拍完照片之後他們的確把輪椅送給了他，雖然穆拉從不坐輪椅，覺得輪椅讓他看起來像他媽的殘障，像沒辦法顧好自己的廢物老頭，其實他就算少了拐杖要四處走動也沒問題，操，他才不需要別人幫忙，他兩條腿都還好好的，只是左腿有點彎，就這樣而已，可以嗎？是比另一條腿短了點，裡面的骨頭也有點變形，但還活蹦亂跳的好嗎，操，不是好好的接在他身上嗎？他看起來需要輪椅嗎？於是他把輪椅給賣了，有拐杖跟廂型車已經很夠，可以到處跑，想去哪就去哪，總之那份工作只做了六個月，真是可惜，因為那挺有賺頭的，只要去幾個造勢活動，不管培瑞茲・普列托說什麼都鼓掌，一面拍得啪啪響一面大聲歡呼，什麼「培瑞茲・普列托，選他不會錯，承諾不會空」，然後鼓譟尖叫就好。真的，光是這樣，他們黨就一天給他兩百披索，他每拉到一個人登記投票，又能再拿兩百披索，還有他們每個禮拜大批大批發送的食物，再加上農具，甚至有建材，穆拉這輩子怎麼就沒去投過票！可能就是因為這樣，他才會以為說服查貝拉很簡單，他說她也該順應潮流拉些選票，憑她在石劍酒店的客人跟那些女孩，她一定能拉到一堆人去登記投票，額外賺一小筆私房錢，這不是什麼壞事吧？但查貝拉卻被激怒了，看她的反應活像穆拉不是在提點她，而是罵了她一句「去死吧查貝拉」，她整個火冒三丈，當街對他發飆，罵他呆子、十足的低能兒，頭殼壞掉才會以為她想討好那個黨的雜碎，像個乞丐一樣，像你一樣，操你媽的穆拉，一點自尊跟羞恥心也沒有，你這個老蠢蛋，這些日子以來我對你只剩下憐憫，要是你以為我有時間拍培瑞茲豬頭的馬屁，那你還是去死好了。她就這樣在大街上罵，就在金貝殼酒吧外，經過的人聽到查貝拉飆罵都笑翻了，穆拉只能強自鎮定，因為他知道在公開場合跟老婆吵沒意義，應該說是不要命，有點像是把插銷被拔掉的手榴彈吃下肚。所以他什麼也沒說，但他暗暗下定決心，再也不要用他從競選活動賺的清白錢給她買任何玩意，讓她去吃自己好了，操他媽的查貝拉，操他媽只會吸屌的查貝拉。可是他沒料到小路易斯也這麼自以為了不起，說些跟他媽一樣的鬼扯，畢竟臭崽子又沒有工作——怎麼樣，不意外吧——他的人生根本沒啥目標，查貝拉一天到晚訓他，因為他口袋裡從來沒幾個錢，從來不付她一丁點房租，從來不負擔什麼家計，明明是他自己決定要搬到旁邊住的，都已經十八歲了，也算老大不小了，照理來說該輪到他照顧查貝拉才是，照顧這個費盡千辛萬苦生下他的媽媽，讓她不用再工作，但他反而成天跟女巫窩在一塊，不然就是泡在酒吧，或是跟他那些懶鬼朋友在鎮上的公園鬼混，把他手頭僅有的錢花在酒啊、毒品啊什麼的，天知道還花在哪裡。所以穆拉才打算邀那小子加入競選活動，他說：你看嘛，沒什麼不好的啊，只要做到選舉完，要是你不想投給培瑞茲・普列托那傢伙，你也可以不投他，只要他們看到你跟大家一起在造勢活動上露臉，在那邊待著等活動結束就好。結果那個頑固的臭小子回他說管他們去死，白痴才搞政治，他才不要跪著求他們施捨那兩三個披索，他寧可等人家答應要幫他安排的石油公司工作——他整天把那個石油公司職缺掛在嘴上，根本是那小子亂編的白日夢，說什麼有人要找他去帕羅格丘的油田做事，他說是個技師的職位，還會有工會爭取來的各種福利，穆拉說破了嘴也沒辦法讓他認清現實，沒辦法讓他明白這種事不可能發生，如果不是石油公司高層的近親或受到他們推薦，公司才不會僱你，更不要說一個對油井或石油化學一無所知的笨蛋了，他連學校都沒念完，更何況他瘦得像條蠑螈，哪扛得動那些石油桶，他的體重甚至不到石油桶的一半。但是沒有用，任憑穆拉怎麼說，他都不信那只是場騙局，只是傻子才會抱著不放的白日夢，就因為他有個工程師朋友說他進石油公司鐵定能一步登天，飛黃騰達。根本鬼話連篇，但那小子照單全收，這種美夢總有一天會把他害慘，笨蛋小鬼白白等了好幾年，苦等那個工程師兌現諾言，在這期間卻任由一堆大好機會溜走，比如查貝拉某個客人說要給他一個工作，據她說那個人有一整個貨車車隊，有天他聽查貝拉抱怨她兒子是個廢物懶米蟲，連工作也找不到，那位先生便告訴查貝拉說他正要去一趟邊境，剛好少了個助手，要不要叫那小子隔天天亮時跟他去一趟，看他喜不喜歡、適不適合這個工作，甚至說他可以幫那小子搞到駕照，這樣就能當他的司機替他做事了；那天早上查貝拉與致勃勃回到家，樂到要飛天，可憐的寶貝，她以為終於找到方法甩掉只會伸手要錢的兒子，誰知道小王八蛋說不要，死都不去，誰要當人家的小弟，誰要當什麼爛司機，他寧可等工程師朋友幫他搞到石油公司的工作，媽媽咪喔，查貝拉把他罵了個狗血淋頭，又扯又打的，過程中還扯破了他的上衣，尖叫著說他跟他那垃圾老爸一個樣，都是個混帳，操他媽只會要飯，不如去死一死好了，弄得場面很難看。有那麼一瞬間穆拉以為那小子要還手打查貝拉，因為他的眼神狂亂得像瘋了似的，又舉起拳頭自我防衛，幸好什麼事也沒發生，感謝老天，穆拉可不想把這兩個傢伙給拉開，他早就學會讓他們兩個去吵就好，跟狗是沒辦法講道理的，他們就是兩隻不肯鬆口放開獵物的惡犬，非要咬個你死我活才罷休。他才不要去勸架，搞不好那兩個野蠻人會反過來咬他，不了，絕對不幹，誰管他們，反正他們從來不聽他的話，他幹麼浪費時間跟那小子說當司機的薪水多好，說他能遊歷多少地方，能把到多少女人，那些當司機的幸運傢伙從來不會在同一個地方待太久，永遠都在路上，跑遍天下各地，不會困在什麼鳥不生蛋又熱死人的地方——替他勾勒那麼美好的藍圖有什麼用，那小子只會跳針說他不能去，因為他還在等石油公司的工作從天上掉下來。穆拉不敢相信這小子竟然有辦法蠢成這副德行，真他媽的笨，才會相信這種事會成真，這麼死心塌地相信一個陌生人開的空頭支票，說到底，他口中這個工程師朋友到底是哪位？那種事業有成的人生勝利組幹麼幫一個無親無故的廢物？他不止一次差點開口問那小子打算怎麼回報工程師，打算怎麼報答這麼大的人情，但他總覺得自己猜得到答案，所以倒不如裝傻的好。他幹麼管？說老實話，他也差不多受夠這整件事了。要是小路易斯聽信那種屁話，那也是他自己找死，要是小路易斯不信那通通只是他所謂的工程師朋友編出來的謊話，也是他自己的問題，最瞎的是那個人已經好幾個月不接那小子的電話了；要是小路易斯到現在還相信聖誕老人跟三王朝拜耶穌是真的，那也是他自己的事，說到底，你這一生愛做什麼、能做什麼都是你家的事，對吧？再說穆拉又有什麼必要多管那小子的閒事？沒必要，不是嗎？隨便他想怎麼幹就怎麼幹好了，管他去死，他已經長大了，已經不是把人生當成電視節目或童話故事的年紀了，他遲早會明白石油公司的工作不是真的，就像他到頭來總會明白，他跟諾瑪已經玩完了，那個小戲精現在就丟給醫院去煩惱，醫院會把她交給有關單位的，小路易斯最好不要繼續在她身上浪費時間，不如趕快找個真正的女人。找個女人，不是操他媽的諾瑪那種煩死人的巨嬰，一看苗頭不對就出賣自己男人，根本狗屁，小鬼，那個小婊子只是在跟你玩扮家家，根本狗屁中的狗屁。聽好，快去找個真正的女人，一個懂得照顧你的馬子，會出去工作的，像查貝拉那種。小路易斯在路沛・卡雷拉的攤車旁當場泛起眼淚，當著所有人的面，幾乎是用吼的，說他絕對不會離開諾瑪，一輩子都不會，要他跟諾瑪分手他寧可死了算了，連路沛本人都從烤肉爐前抬起頭，對那小子翻了個白眼，心想這傢伙有什麼毛病？穆拉嚇了一跳，咕噥著說：好了，冷靜點，小鬼。打從他認識這個臭小子以來，小路易斯從沒管過別人的死活，全天下沒有任何事情能讓他關心，除了藥丸跟跑趴。好了，冷靜點，他這麼重複道，然後他靈光一現，對他繼子勾了勾手指，咧開嘴壞笑著說：我看哪——小路易斯立刻戒備地說：怎樣？混蛋，你是看出什麼？我看是諾瑪偷偷給你下了點愛情靈藥。什麼啦，小路易斯嘟囔。穆拉戲謔地說：少來給我這套，我在說什麼你清楚得很。那些壞心眼的女人要是想綁住你，會幹出什麼事來你也知道：趁你不注意的時候，把她們的髒血加幾滴在你的飲料或湯裡，或是趁你睡覺的時候在你腳跟抹一滴，你就會被那些賤貨迷得暈頭轉向，你在諾瑪手裡就乖得跟什麼一樣啊，你還看不出來嗎？有些臭婊做得更狠，會在雨季上山摘一種形狀像喇叭的野花，她們把那種花稱為「天使的號角」（註5），等她們把天使的號角摘回來，就把花煮成茶，喝了你就會變成馬子狗，什麼都聽她們的，徹底投降，像奴隸一樣跪在她們腳邊，卻完全不會發現到底哪裡不對勁。不要假裝不曉得我在說什麼，你老媽逢人就說石劍酒店那些女孩會對恩客施黑魔法，讓那些人變得腦子不清楚，她們就能獅子大開口，或是讓客人日思夜想到快要發狂，甚至把她們討回家當老婆。那小子總算稍微把注意力集中在穆拉身上，聽他說了幾句，但聽到這裡他仍舊搖了搖頭，說：不是，諾瑪不是那種人，諾瑪做不出這種事；穆拉忍不住

註5　即大花曼陀羅，俗稱天使的號角或天使之淚。

笑這小子竟然單純到這種地步，說：白痴啊，女人都一樣，用的都是同一套伎倆，為了把你抓住，什麼下三濫的爛招都幹得出來，他就這麼說了好一陣，直到那小子聽夠了，又變回那副鬱悶、沉默的死樣子，穆拉再怎麼試都沒辦法讓他有反應。即便他們之後改去莎拉胡安娜的店，即便他負責出酒錢點了又一輪該死的溫啤酒，別人還以為溫啤酒是本店的特色，但其實只是因為那臺老冰箱幾百年沒換了，打從當年莎拉胡安娜被選為嘉年華皇后就沒換過，你懂的，那都不知道是幾世紀的事了。穆拉數不清第幾次對莎拉的孫女重複道：寶貝，妳有沒有想過可以先做點冰塊，等我過來就可以把冰塊加進啤酒，這樣酒才會冰冰涼涼的？那女孩跟穆拉熟得很，嘖了一聲，把腰往旁一歪，手往腰上一插，罵道：給你這種醜八怪？做夢去吧，不喜歡的話門在那。穆拉舉起手做了個叫她去死的手勢，但兩人都沒把對方的話太當真，他倆都很清楚穆拉還是會回來，不是因為那女孩對他下了什麼咒，而是因為這家酒吧離他家最近，沿著泥土路走五百碼就到了，每到深夜，他只消坐上廂型車，開個幾分鐘就能到店裡的老位子，壓根不用開上高速公路，不用冒著又出車禍的風險，就像那場差點害他丟掉一條腿的車禍，那是二〇〇四年，二〇〇四年二月十六日，他一輩子也忘不了：在聖佩德羅的出口，那輛卡車不打車燈就來了個一百八十度轉彎，狗娘養的王八蛋，穆拉當時喝得太醉，沒注意到那輛卡車，卡車猛撞上他，把他那條腿的骨頭通通輾成粉末。醫生跟他說必須截肢，他說不要，絕對不准，他不管這條腿是彎了還是少了骨頭，腿是他的，誰也不准把它砍掉，醫生說不行，非截不可，他那條腿等於是廢了，再說感染的風險太高，然而穆拉死不退讓。靠著查貝拉幫忙，在他的腳預計被砍的前一天逃出醫院，後來那些無良庸醫還不是得乖乖把話吞回去，因為他的腿哪有感染，也沒有徹底廢掉，只不過是有點變形而已，對不對？是有那麼一點往外折，但即便如此他照樣能走路，就算沒有拐杖他也能走上好幾步，對不對？他又沒有非得被綁在什麼他媽的輪椅上，對不對？何況他還有車，是跟馬塔柯奎特一個怪老頭買的，那傢伙大老遠從美國德州把車弄來，穆拉買這輛車真是絕頂划算，只要三十張大鈔，不到卡車公司付給他的車禍賠償金二分之一。廂型車買得很值，每次他在高速公路上兜風，飆到時速一百，搖下車窗一覽底下風光，那簡直操他媽爽爆，彷彿他從沒出過車禍，彷彿他又回到了當初的時光，騎著機車在海邊狂飆，替報關行送出口報單；彷彿他依然是那個光鮮亮麗小帥哥，整夜跳騷莎跳到清晨，然後把查貝拉攔腰抱起，把她扛在肩上，用連綿的吻堵住她的嘴，把她壓在牆上讓她高潮得銷魂盪魄，那隻蠢母豬，她到底是去哪了？到底為什麼還沒打給他？石劍酒店沒一個客人會留宿超過三天，她最好少拿這種胡扯來搪塞他，首先根本就沒有那麼多女孩在那裡賣，而且有在賣的女生也沒那麼漂亮。難不成她一聲招呼也沒打，就跟哪個爛貨偷跑去港口了？她不是第一次幹這種事，去年聖誕節她就跑去瓜達拉哈拉，這個下流的騷貨，說什麼是去工作，說什麼工作就是工作，這種話穆拉通常會贊同，可是這太過分了，他有預感那賤人一定是窩在天堂汽車旅館，就著瓶口猛灌威士忌，跟那個變態混帳巴拉巴斯用那種褪流行的方式吸古柯鹼，單純因為很爽而吸他的屌，所以他每次打她手機，才會一直聽到語音說他撥的號碼沒有回應，不然就是說對方關機。現在天已經黑了，穆拉醉到開始考慮要不要開車去天堂汽車旅館附近瞧瞧，看巴拉巴斯那輛福特是不是停在那，就算被巴拉巴斯後面如影隨形的一群小流氓給痛毆也無所謂，他後面老是跟著好幾個戴闊邊帽的混混，一個個面目猙獰、眼神凶惡……但等他回過神來，他已經開著車在回家的路上。管查貝拉去死，他這麼自言自語道，幾乎是用滾的下車，衣服沒脫就上床睡了，直接臉朝下往床上一倒，倒在皺巴巴的被子、查貝拉的奶罩跟梳子上，就這麼睡去，夢裡有個鬼魂在街上遊蕩，想跟人講話，可是誰也沒理他，也說不定別人根本不知道他在那裡，因為大家看不到他，他是鬼，只有小孩看得見他，他跟小孩說話，結果那些孩子嚇得哭了，穆拉不禁難過起來；忽然之間街道全部消失，他在荒郊野外走著，穿越高山、森林、草原、田野、廢棄的農場，然後另一個村鎮憑空冒了出來，他在街上晃蕩，遇到一棟他認得的房子，是他摯愛的莫西雅奶奶住的房子。他穿過總是開著的廚房門，走進客廳，只見奶奶坐在搖椅上，跟他記憶中一模一樣，彷彿她沒在二十年前過世，因為在夢裡死掉的是他，活著的是奶奶，儘管奶奶也看不見他，但她能感覺到他，甚至聽得見他，只是聲音非常微弱，好像是從很遠很遠的地方傳來。穆拉簡直急瘋了，他有一件非常重要的事要告訴奶奶，他醒來時已經不記得是什麼事，但是在夢裡真的很重要，他不惜一切代價都必須警告奶奶，卻沒辦法讓她聽懂，原因是他只能說亡者的語言，那是奶奶不懂的語言，就算他扯破喉嚨大吼大叫也沒用，結果他奶奶——莫西雅．巴提斯塔太太，生前她真的是個大好人，永遠那麼有智慧，總是那麼溫暖和善，願她安息——他奶奶對他微笑，要他冷靜點，不用擔心，他要當個善良的好孩子，這樣才能上天堂，她的語氣是那麼安詳沉靜，讓穆拉清醒之後悲從中來。莫西雅奶奶的護手霜味道還殘留在空氣中，雖然他很清楚自己正躺在床上，在他跟老婆共有的臥室裡，整個背上全是汗，儘管房裡悶熱至極，汗水卻冷冷的。他想繼續睡，可是屋裡實在太悶，而且他頭痛欲裂，不久還是下了床。他脫掉衣服，只剩內褲，用拐杖撐著走到廁所去，然後又到庭院，用蓄水桶裡的水快速梳洗了一遍。在他沖掉肥皂時，那小子赤著腳、光著上半身走過，渾身髒得要命，好像在泥土路上打滾過似的，接著踉踉蹌蹌走向庭院的另一頭，繞到他那個小屋的另一側，從穆拉的位置看不到他，那小子在那裡待了很久，久到穆拉把全身沖乾淨，回到屋內擦乾，套上乾淨褲子，然後又走了出去，大老遠穿過庭院，去看那小子在幹麼。結果他站在小屋的後方，盯著地上的一個大洞瞧，整個洞大約一呎寬、半呎深，那小子看洞看得目瞪口呆，完全沒注意到穆拉走到了他身邊。過了好半晌穆拉才開口問：這啥？那小子嚇了一大跳，旋過身來，用一副活見鬼的表情瞪著他，好像穆拉當場逮到他在幹什麼壞事，不過那種表情只持續了一、兩秒，接著他就反應過來，張口回答道：沒什麼。穆拉瞥了地上的洞一眼，又看看那小子的手臂，兩隻臂膀從手掌到手肘滿是臭泥，指甲縫裡也塞滿泥土。這個臭小鬼是挖到什麼了？穆拉暗自疑惑，可能是由於夢的印象還殘留在他腦海，他想起好多年前的一件事，那時他年紀還小，跟媽媽一起住在位於古提瑞德拉托的奶奶家，那時隔壁是個鄰居老太太，要更換家裡的管線，結果工人在前面的花園挖出某個東西，奶奶說那是「咒物」，用來施巫術的咒物——那是一個特大號美乃滋罐，裡面漂浮著巨大的死蟾蜍，已經腐爛了，就這麼漂在混濁的液體之中，此外罐裡還有幾顆蒜球、幾束草跟天知道什麼鬼東西，穆拉沒機會看清楚，因為媽媽把他的雙眼遮住帶著他走開。即便已經這麼做了，他的頭卻開始劇痛起來，奶奶只好用幾束羅勒替他淨化，再拿一顆蛋來回輕拂他的額頭，後來把蛋一敲開，裡面都是爛的，奶奶解釋說那些工人挖出來的東西是壞人故意放在那邊的咒物，用來對鄰居施巫術；她說如果有人不幸經過埋了咒物的地方，強大的邪靈就會讓蟾蜍附在他身上，蟾蜍進了那個倒楣鬼的身體裡之後，會逐步吃掉重要器官，讓裡面滿是髒東西，直到那個人猝死。穆拉那時不過五、六歲，雖然他記不清細節了，可是他後來發現不出幾個月，那個鄰居就眼睜睜看著先生死在她面前，誰也說不出他得的究竟是什麼病，人家說是跟肝有關。小小年紀的穆拉繼續頭痛了好一陣子，為了替他治頭疼，奶奶用羅勒束拂過他全身，用酒擦他的太陽穴，有時候他難以入眠，老是忍不住想著他在外面玩或幫忙跑腿的時候，搞不好也踩到了那個埋起來的咒物，說不定就在當下，那個可怕的東西已經在啃食他的腦，慢慢奪走他的性命。然而隨著時間流逝，他的恐懼漸漸消褪，甚至徹底忘了這回事，直到看見那小子顯然是親手挖的這個洞才想起來，他頓時有種仍在夢中的錯覺，好像依然被困在那個詭異的夢境中，不過是個死人，是在煉獄徘徊的迷失靈魂；伴隨著這種錯覺，他又一次問那小子這是什麼東西，原因不是他想知道答案（穆拉已經認定那絕對是巫術的咒物，沒有別的解釋了），而是為了確定那小子聽得見他說話，確定他沒有困在那個惡夢裡。可是小路易斯只是站在那裡呆愣愣看著他，像個窩囊廢，彷彿不認識他似的。穆拉只好舉手往自己的耳朵一捏，確定自己不是在做夢，自己沒死，這才覺得好受了點。他對那小子說：把那東西給燒了，不管你找到什麼，燒了就是。那小子指了指附近一棵棕櫚樹，樹下有個燒焦的錫罐，接著用因為嗑了藥丸而不甚靈活的舌頭，嗓音發尖地說：嗯，已經放在那個罐子裡燒了，他才剛走去把灰倒進河裡，前一天晚上他聽見小屋後面有聲音，出去看了看情況，結果是隻狗在外面，牠又大又白，長得像頭狼，正在猛刨他挖洞的這個地方，他才會發現那個東西。穆拉退後一步，雖說他確定自己沒困在夢裡之後好過了些，而且洞裡也沒有被下咒的蟾蜍了，但總覺得空氣中殘留著咒語的黑暗力量，他一向對這種事很敏感，感覺得到太陽穴開始發脹。他對那小子說：你不該用手直接碰才對，最好去洗一洗；來，我們走吧，等空氣乾淨點再回來，小心點總是比較好。更何況穆拉急著要出門驗證他的疑心，看查貝拉是不是真的跟巴拉巴斯這狗東西睡在天堂汽車旅館，於是他叫那小子去準備準備，自己則回到屋內，把剩下的衣服穿好，拿了車鑰匙、手機跟身上僅剩的一點錢。不過等他走到泥土路上時，他才發現那小子沒聽他的——小子站在車旁，嘴上說準備好要走了，實際上卻仍渾身糞土，臭得像頭羊，赤著腳，臉上沾滿泥灰。穆拉對他說：你這鬼樣子我是不會帶你出門的，身上都是屎味，饒了我吧，起碼把你腋下洗一洗。那小子走去蓄水桶，像匹馬似地把整顆大頭往水裡一戳，在水裡停留好一陣子，直到大部分的泥土被洗掉，然後穆拉又只好借他一件乾淨T恤，因為這呆瓜一件乾淨衣服也沒有。穆拉暗忖：這些犧牲都是為了離開屋子透透氣，為了繼續上路，而且這麼一來他就能去找查貝拉了，但首先他要去莎拉胡安娜的店一趟，喝杯啤酒摻蛤蠣番茄汁。可殊不知店沒有開，莎拉的孫女穿著睡衣來應門，對他們說：現在甚至不到九點欸，開什麼玩笑，你們這些沒救的酒鬼。他們別無選擇，只得越過高速公路去了流星夜店，點酒附贈的螃蟹餡餅又油又不新鮮，不過啤酒冰涼有勁，音樂聲也讓穆拉平靜了下來，因為那些旋律讓穆拉的思緒不再轉個不停。不過那小子不知怎麼搞的，喝了第一輪之後忽然來了精神，還湊近穆拉，提高聲音蓋過喇叭放的音樂，說著他最近覺得操他媽糟透了，一直遇到該死的爛事——這很不像那小子平常的作風，他從來不對穆拉掏心掏肺，沒想到他這時對著穆拉的耳朵，噴著帶有酒臭味的吐息，傾訴他有多痛苦、覺得多爛又多衰，從來沒遇上一件好事，現在諾瑪又出事了，他堅信那些人一定會把諾瑪給帶走，完全不告訴他那可憐的女孩情況如何、她跟寶寶以後會怎麼樣、她們會被送去哪裡、以後能不能讓他見見她們。石油公司的工作更是最後一根稻草，他那個工程師朋友好幾個月前音訊全無，再也不接他電話，這一切通通發生在他跟女巫吵架之後，那是今年稍早的事了，那個瘋婆子說他坑了她的錢，但他沒有，是別人從他身上搶走的，要不然就是他在一片混亂之中弄丟了，可是女巫什麼也聽不進去，叫他收拾東西滾出她的房子，現在她八成正在對他下各式各樣的詛咒，對他跟諾瑪下咒，要拆散他們……穆拉緊張地瞥著手機，轉頭面向舞池，不是因為那些臉貼臉熱舞的年輕女郎讓他慾火焚身，而是因為光是提起女巫都讓他緊張，讓他煩躁，這蠢小子明知道穆拉不喜歡聽鎮上那群臭小鬼跟那個死娘炮又在搞哪齣。他聽這些幹麼？何必讓這些爛事干擾他的思緒，對吧？像他總是跟查貝拉說：寶貝，妳的客人都很有格調、很紳士，很棒，但我不想聽，不要一直來跟我碎碎念那些細節，我不想知道他們叫什麼、從哪裡來，他們的屌是細是粗、是彎的或是他媽的彩色，因為操他媽查貝拉老愛跟他八卦一些工作上的事，把跟她睡的那些白痴、她跟石劍酒店其他女生吵了哪些架全部告訴他，但穆拉又不愛聽，他只想要耳根清靜，隨她愛怎樣就怎樣，全部隨她去，但穆拉總得反覆告訴她：可是我不想聽啊，查貝拉。他從來用不著叫那小子別拿自己的事來煩他，因為他這個繼子通常挺沉默寡言的，但那天說也奇怪，他像是要發洩長期累積的詭異能量，就是不肯閉嘴，穆拉很想換個話題，很想洗掉他腦中開始成形的想像畫面，於是猛地站起身來，把手機按在耳朵上，裝作手機剛才響了，然後對小路易斯說：你等等，說完便假裝想聽得更清楚，抓起拐杖走出流星夜店，倚在車上，趁機打給老婆，可是依然沒有接通。幹他媽查貝拉，她絕對是跟巴拉巴斯那個小臭崽子在一起，一定是這樣沒錯。就在這個當下，他們倆想必正在天堂汽車旅館或高速公路旁的某個破妓院大爽特爽，搞不好就直接在巴拉巴斯的貨卡上面打炮，狗娘養的混帳，她也是，這個臭蕩婦，她以為穆拉是什麼王八龜兒子嗎？以為他不曉得她背地裡在幹什麼？以為她可以消失三天再大搖大擺地回到家，說她只是在工作，以為之後還能天下太平？他不假思索上了車，一腳猛踩油門，開了五、六哩到天堂汽車旅館，結果那裡空蕩蕩的，一個人也沒有，這是發薪日後的週末，沒人還真是怪了。他沒停下來問人，又繼續開了好幾哩，一路開到通往馬塔柯奎特的出口，看到石劍紳士俱樂部的墨西哥式粉紅水泥磚，巴拉巴斯那輛惡名昭彰的貨卡卻沒停在外面，也沒見著他那些戴闊邊帽的小弟，明明他們總是形影不離地跟在那個北部來的混蛋後面，但穆拉什麼人影也沒看到，連鐵門都拉起來了，雖說沒有上鎖就是。穆拉鬆了口氣，說實在，他心底挺懷疑自己有沒有膽子把查貝拉拖出來，她八成正狂嗑古柯鹼嗑到一半，到時她鐵定撒潑打滾，挖他的眼睛，狠踹他的卵蛋，萬一還得跟巴拉巴斯那些全副武裝的惡棍對幹就更慘了。他沒停車，繼續往前開，轉了個一百八十度的彎，在加油站停下，拿出手機打訊息，極盡低俗、尖刻、怨恨、理直氣壯之能事，絕對遠勝任何男人寫給自家老婆的訊息，他要用這則超可怕的訊息讓她嚇到剉賽，讓她屁滾尿流，淌著眼淚懊悔不該這樣對待他，不過在他送出訊息之前，手機出乎意料地震動了，害他差點把手機摔到車子地板上，有那麼一瞬間，他想一定是查貝拉，結果只是那小子傳來的、錯字一堆的訊息：在萊敘攤拉要不要，穆拉回傳：你在哪，那小子回：鎮上公園。穆拉看了看油量錶，思忖著最合理的做法是開回拉馬托沙，請康查太太讓他賒帳買一升茴香酒，然後躺在床上喝光，一面等查貝拉回家，一面喝到他昏迷或死了為止，就看哪個先發生。這時手機又震了，又是那小子，這次說的是他搞到了一點現金，如果穆拉幫他一個忙，載他去幹個一票，他就幫穆拉出汽油錢。換言之，證人得知繼子請求他開車載其前往特定地點，以便讓其取得可供繼續飲酒的錢財，證人接受了這項提議，意即他駕駛雪佛蘭Lumina廂式汽車（灰藍色，一九九一年款，車牌為德克薩斯州核發，號碼為RGX511），開往雙方同意之見面地點，亦即鎮政廳對面公園中的一排長椅，兩人在此處會面，其繼子身邊另有兩名嫌疑人，其中一人小名威利，職業為貴博鎮市場的錄影帶零售商，年約三十五至四十，黑色長髮略顯花白，身著平時慣穿的搖滾樂團T恤及黑色軍靴，俗稱護趾靴；另一人為年輕男子，證人對其一無所知，只知他名叫布蘭多，但證人無法確定這是他的姓氏抑或是名字，此人年約十八歲，身材瘦削，黑眼，短黑髮梳成刺蝟頭，膚色偏白，身穿褐色短褲，搭配曼徹斯特聯隊的上衣，背後有足球員「小豆」巴里卡薩的編號；第三人為證人之繼子。證人在前述公共空間與這三人共處約兩小時，飲用數升摻有茴香酒的橘子口味飲料，是名為布蘭多的年輕男子預先混合，盛裝於容量一加侖的塑膠桶中帶來，此外也抽了大麻菸，三人(即小路易斯、布蘭多與威利）也一同吞食精神藥物（證人不知種類為何），直到下午兩點，其繼子詢問他是否願意幫他那個忙為止。我跟他說我汽油沒了，他要先把錢給我才行，這時我才曉得手頭有現金的人是布蘭多，因為他給了我一張五十元鈔票，說：載我們去拉馬托沙，我說：給我一百就成交，布蘭多說：先付五十，剩下五十後付，我同意了，於是我們離開公園，只有威利沒跟來，他在公園長椅上睡死了，沒看到我們擠進廂型車開向加油站，我加了整整五十披索的油，然後照著布蘭多的指示開往拉馬托沙，先是沿著大馬路，然後向右轉進往工廠的小路，這時我才發現那兩個小子想去那個女巫的房子，我不太高興，因為我不喜歡在那一帶逗留，主要原因是大家說了很多關於那個地方的事，還有他們會在屋子裡面搞的玩意。但我什麼也沒說，因為我知道他們只會進去要錢，不會在裡面待太久，進去一下子就出來了，而且我可以在車上等，事後我們又可以繼續去喝酒，至少布蘭多是這麼說的。在這麼說之前，布蘭多叫他停在距離女巫房子大約六十呎的一根立柱旁，叫他不要動，甚至不用下車或關車門，說他們很快就回來，小路易斯什麼也沒說，但我注意到他很坐立不安，他們兩個人都很心神不寧，甚至看起來根本不醉，我當時覺得這挺奇怪的，但我沒說什麼，接著他們就下車了。穆拉過了一陣子才注意到其中一個人拿走他的拐杖，他往後視鏡一看，兩個小子已經繞過房子的一側，要從廚房門進屋，此門即是證人曾經使用過一次的入口，那是他這輩子唯一一次，超過八年前的事了，那時穆拉還會騎機車，還沒出車禍，查貝拉帶他來淨化氣場，可是門一打開，穆拉便瞧見屋裡那髒亂的情景，垃圾散得到處都是，廚房充斥食物腐爛的惡臭，對面那堵通往走廊的牆貼滿了被畫花的色情照片、噴漆、看不懂到底在說什麼的神祕符號，嗯，一看到這些他就明白其中有問題，最重要的是他不是本地人，他本來是古提瑞德拉托人，根本沒人告訴他，大家嘴上喊的女巫其實是個男的，那傢伙當時差不多四十、四十五歲，全身黑，都是女人穿的衣服，長指甲也塗得黑黑的，嚇死人了。雖然他臉上蓋著一個東西，用什麼面紗把臉給遮住，但你一聽他的聲音就知道他是同性戀，於是穆拉對查貝拉說他改變心意了，他不想要淨化氣場了，因為一想到那個死玻璃會用手碰他，他就渾身發毛。後來查貝拉氣了好久，喋喋不休地說穆拉會出車禍都是因為他沒做完淨化，是上天在懲罰他的傲氣，不過穆拉懷疑是女巫那天大受冒犯才詛咒了他，那也是他唯一一次走進她屋裡的廚房。不是因為我跟那傢伙有什麼過節，是因為我剛剛解釋的，我覺得她的生活方式跟外表很噁心，可是我從來沒有想過要害那傢伙，我就說了，我什麼也沒看見，什麼都沒有，也不曉得到底出了什麼事、他們對她做了什麼，我沒看到他們殺她，畢竟警官你們看看，我連走路都走不了，我從二〇〇四年就殘廢了。我不曉得你們說的什麼錢，我跟你們發誓，那兩個狗崽子完全沒把他們的計畫告訴我，他們只是給我五十披索當加油錢，然後說會再給我五十，順帶一提，剩下那五十我見都沒見到。我以為他們進去是要跟女巫來一炮，哪知道他們想殺她，我甚至沒下車，從頭到尾沒離開駕駛座，一直坐著等他們從屋裡出來。那兩個臭小子拖拖拉拉的，穆拉開始不安，正想開車上路時，終於聽見小路易斯出聲大叫，他轉過頭，看見他們兩人站在滑門旁，半拖半扛著一個癱軟的身軀，搬進後車箱，丟在車地板上，他的繼子跟另一個小鬼大吼把你的腳踩下去，快走，快走。於是穆拉油門一踩，車子呼嘯開上通往工廠的泥土路，但那兩個小子不讓他直接開到河邊，反而叫他走另一條路，去廠區後方的田。穆拉對那裡並不陌生，有些晚上他會跟小路易斯和其他幾個朋友去那裡，在水圳旁的樹蔭下乘涼放鬆，抽著大麻，遙望夕陽餘暉下廣闊的綠色作物之海，由於車上的廣播壞了，總是有人用手機播起音樂，把音量調到最大，他們就這麼在那裡悠閒地打發時間；車快要開到第一個彎時，女巫開始抽氣呻吟，兩個傢伙大吼著叫她閉嘴，還一面踢她、踩她，到了水圳之後他們告訴穆拉：停在這裡，停車，穆拉照做了，只見兩個小子把女巫搬下車，應該說他們扯著她的頭髮跟衣服，把她拖到地面上。穆拉這時注意到她的頭髮溼漉漉地糾結成團，徹底溼透了，事後穆拉才發現應該是沾滿了血，因為車子地板到處都是，不過在當下他並不知道，也沒打算搞清楚那是什麼。他只是坐在方向盤後面，雙手放在大腿上，兩眼盯住一排排低矮的甘蔗，那些乾裂的甘蔗正靜候雨季到來，一田一田長下去，直長到河岸邊，長到河岸開外，長到泛著藍色的山陵之上，說真的，他的確想過要轉頭去看，他堅信那兩個傢伙只是要把女巫的衣服剝光，丟進水裡開個玩笑。他以前也見過那夥人幹這檔事，純粹是要鬧她一下罷了，讓大家樂一樂、笑一笑，但不知為何他沒辦法轉頭，不知為何他釘在原位，像癱瘓了似的，連鏡子都不敢瞥，他感覺到自己不是獨自一人，有人跟他一起在車裡，有人從後座悄悄往前挪到穆拉所坐的位置，他甚至聽見坐墊的彈簧由於那個人或不知什麼東西的重量發出了聲響，穆拉想起他的夢，想到莫西雅奶奶，想到每次有人提到魔鬼她總會念誦：主啊，我倚靠祢，求祢拯救我脫離邪惡，於是穆拉喃喃說道：主啊，我投靠祢，求祢保護我，我對耶和華說，祢是我的主；陡然之間，一陣帶著溼氣的風自駕駛座的窗戶捲入，那風無休無止（一如即將到來的雨季），吹打得乾枯的樹叢直往地面倒去，遠方的天際有一朵濃雲遮住太陽，一道閃電無聲擊中遠處的山丘，將那棵樹乾淨俐落一分為二，燒成焦炭，卻連個聲響也沒有。有那麼一瞬間穆拉以為自己聾了，因為那兩個臭小子不得不對著他的耳朵大吼，出手搖他，他才做出反應，發動引擎（雖然引擎沒熄火）、放開手煞車，呼嘯向前，甚至沒把後座那兩個人在說什麼給聽進去。穆拉一面開，他們兩個一面大叫、歡呼，還互捶了幾下，聽起來是這樣，等他終於反應過來，天色已然黑了，他們已駛過瓦卡斯海岸，正要順著大馬路開進鎮上，經過鎮政廳前的公園。在那個時間，公園裡到處是人，有的散步，有的只是坐在長椅上，享受稍微涼一點的晚風，幾個參加行進樂隊的學生正為了禮拜一的勞工節遊行練習演奏，一切都如此平常、祥和，那兩個小子終於冷靜下來了，又過幾條街，布蘭多要穆拉在下個街角放他下車，於是穆拉停了車，布蘭多下了車，在那小子跑掉的時候，穆拉才注意到他換掉了曼聯上衣。改穿一件黑色上衣，接著小路易斯坐進前座，哼起歌來，有時他獨自待在小屋裡以為沒人聽得見，也會這麼唱歌。穆拉朝著拉馬托沙開去，驟然意識到這整個事件肯定是個玩笑，兩個臭崽子不過是在胡鬧，不過是因為受夠了女巫，所以想整她一下，對吧？嚇嚇她罷了。那個當下，他怎麼可能曉得女巫已經死了，或是在水圳裡奄奄一息？他從頭到尾沒看見他們對她幹了什麼，那兩個小王八蛋利用了他，說好要給他錢，叫他載他們一程，他也載了，可是他不知道他們的計畫，錢的事你們應該去問那兩個傢伙，進屋子的人是他們兩個，再說，老是在那間宅子裡廝混的也是他們，鎮上人人都曉得女巫跟小路易斯好幾年前就是一對，後來因為跟錢有關的什麼爛事鬧翻——去問小路易斯，去問布蘭多，那個王八蛋住在距離公園三條街的地方，差不多就在羅克先生店門前那些遊戲機臺的正對面，黃色的房子，白色的門，問那個混帳他拿錢幹什麼去了，順便問他欠我的另外五十塊呢？當時穆拉在驚嚇之餘徹底忘了這回事，直到上床後才想起，他在汗水浸透的被褥中翻來覆去，儘管想睡，然而每次他閉上雙眼，便感到自己如墜深淵，他不想再繼續清醒下去了，卻又擺脫不了跟查貝拉有關的念頭。他花了好一會反覆打電話給她，可是依然直接轉進語音信箱，到了凌晨時分，他甚至考慮起是否該跟那小子要點那種爛藥丸來吃，但他不敢摸黑穿越庭院，何況那個毒蟲小鬼大概早就把藥全都吞了……總有一天那小子會因為嗑太多再也醒不來，穆拉如此心想，沉入不得安寧的夢鄉。

五

是奇蹟，我的寶寶簡直就是奇蹟——身穿粉紅便袍的女人說著：他就是活生生的證明，證明天主真的存在，聖猶達會佑護一切，就算看似毫無希望他也會佑護，你瞧。她一面說一面低頭看去，對正在吸吮她左乳的寶寶露出笑容：我祈禱了一年後真的應驗了，整整一年，一天也沒漏掉，就連我下不了床的時候，就連我覺得自己要悲傷而死的時候，我還是向敬愛的聖猶達祈禱，求祂讓我兒子活下來，祈求我的子宮留住他、保護他，祈求不要再像前幾胎一樣，明明我那麼小心，所有的維他命都吃了，到頭來孩子還是流掉，我會在上廁所時看到衣服沾著血跡，然後崩潰痛哭；我甚至夢到自己被血液淹沒，好幾年來我一次又一次衝到廁所，驚覺自己又失去了一個孩子，連續八次啊，朋友，過去三年連續流掉八次，我這是千真萬確的真話。連我的醫生都開始反對，說妳的子宮沒辦法留住的，妳缺乏這個，缺乏那個，妳需要動手術，天知道妳會把自己搞成什麼德行，最好不要再試了，最好放棄吧，她是這麼告訴我的，真是個蠢婊子，她既沒老公也沒小孩，八成自己也生不出來，老是對我說因為這個、因為那個，因為我的體質不良，為什麼我們不領養呢，那個臭母豬這樣對我說，我老公會放棄都是她害的，那時我束手無策，覺得他遲早會跟我離婚，後來有個我們認識的人，我姊姊那個好朋友認識的人跟我說：妳要不要試試向聖猶達祈禱？但一定要做完整個祈禱儀式才行。一定要弄來一個祈禱小聖像，把它帶去祝聖，然後用枝葉裝飾，點一個檀香蠟燭，每天對聖像謙卑地虔心禱告。我告訴自己試試看也沒有損失，結果你看，朋友，聖猶達施行了奇蹟，賜給我一個小天使：安琪爾・耶穌・塔迪歐，這是我們替他取的名字，感謝天主和受主賜福的聖人施行奇蹟，這就是個奇蹟不是嗎？是個奇蹟。這時年僅六個小時大的安琪爾・耶穌・塔迪歐朝空中揮舞小拳頭，由於病房太熱而嗚咽起來。不知為何，小男嬰的嚎哭令諾瑪寒毛直豎，要不是她被粗糙的繃帶綁在病床護欄上，手腕的皮早已磨破發紅，否則她會用雙手摀住耳朵，阻絕那孩子的哭聲，以及病房中其他幾個媽媽令人反胃的哄小孩聲。其實，要不是她被綁在那張該死的床上，她早就跑出去了，跑得離醫院、離這個爛鎮越遠越好，即便她赤著雙腳，身上那件怪袍子讓她光著背脊和屁股，袍子底下什麼也沒穿，袒露出紅腫的皮肉，但無論如何她只想遠離這些女人，遠離她們疲憊的雙眸、妊娠紋與呻吟，遠離那些吸吮泛黑奶頭、嘴脣像青蛙、骨瘦如柴的小鬼頭，尤其是遠離病房裡令人窒息的氣味：母乳的味道，汗水的酸味，還有一股甜膩的氣味，讓她想起那許多午後，她關在河谷市的屋裡，把派翠西歐抱在懷裡搖，從房間的一頭踱到另一頭，免得他沒辦法呼吸，她會用掌心撫摩他小小的胸口，試著讓他胸腔的空氣暖起來，而她弟弟悶聲從口中吐出氣息，是氣喘的呼哧聲，諾瑪覺得那表示小派翠西歐的肺正在壞死。可憐的孩子，命不好，出生在一月，河谷市的氣溫冰寒刺骨，更糟的是出生在他們當時住的房間——距離公車站相當近，但僅有一個房間，沒有隔間牆，不過是個混凝土塊加水泥建成的大箱子，籠罩在一棟五層樓房的陰影之下，剝奪了陽光帶來的任何一點溫暖，這也是為什麼有時候他們早上醒來會看見自己呼出的氣，他們躺在床上，拿出所有的衣物當棉被蓋，派翠西歐的寶寶提籃掛在空中，幾乎碰到燈泡，那盞燈隨時開著，仰賴它提供那麼一丁點暖意，好讓那可憐的孩子不至於凍死，掛在那裡也能避免他被壓死或悶死，這些是她媽媽最怕的事，因為她曉得派翠西歐會喘不過氣。諾瑪先前就跟她說了他喉嚨有呼哧聲，聽起來活像他吞了個哨子，正在努力又咳又喘地要吐出來，卻總是沒成功，諾瑪一邊唱搖籃曲一邊輕輕搖他，他小小的拳頭便在冷意森然的空氣中亂揮，有時諾瑪實在太想幫忙，還會把手指伸進他的小嘴，試著找出他被什麼給噎著了，諾瑪會猜想是玻璃珠或深綠色的痰，卻沒有一次找到。她媽媽是知道的，諾瑪告訴過她了，也許就是因為這樣，那天早晨他們醒來，發現派翠西歐渾身僵硬發青時，媽媽並沒有吼她，也沒有打她或罵她是垃圾；當時派翠西歐躺在寶寶提籃中，懸掛在床鋪上方，剩下的人則在床上，擠得像沙丁魚罐頭地那樣睡，諾瑪在床墊的一頭，媽媽在另一頭，另外三個弟妹擠在中間，因為媽媽說：我總不能讓他們滾下床，在水泥地板上砸破腦袋，不是嗎？諾瑪只是點頭，所以她整夜都不敢離開她睡的那一端，就算她憋尿憋到睡不著，她依然動也不動躺在棉被和衣服之下，憋住她的括約肌，屏住呼吸，試著從弟妹的鼾聲與吐息聲中辨別媽媽的呼吸聲，同時也忍住傾身湊向媽媽的衝動，她想去碰觸媽媽的胸口和臉頰，確認她仍在呼吸，心臟仍在跳動，沒像可憐的派翠西歐一樣硬邦邦或凍僵，她自己則憋著尿，像她躺在醫院病床時一樣，周圍繞著失心瘋的女人、膚色泛灰的嬰兒、閒扯得沒完沒了的親戚，而她夾緊大腿，咬緊牙關，繃緊發疼的腹部肌肉，依然止不住溫熱的尿液緩慢而痛苦地涓滴流出。諾瑪羞恥地閉上雙眼，不想看見袍子上突然出現、浸透床單的深色汙漬，不想看見其他病人嫌惡地皺起鼻頭，不想看見護理師終於進來替她換衣服時投來責備的目光，換袍子的過程中她的手一秒也沒被鬆開，那是社工的指示，在警察過來之前都不能放她走，除非諾瑪自己坦承發生了什麼事。因為在醫生用金屬勺子伸進她體內之前，他們給諾瑪打了麻藥，但社工依然沒辦法從諾瑪口中問出什麼，她連名字、真實年齡都沒說，也沒說她吃了什麼藥、是誰給她的、她把肚子裡的東西丟在哪裡，更別說她這麼做的原因了；諾瑪一個字也沒說，即便社工對她大吼，叫她不要傻了，反覆問她男友叫什麼名字，是哪個小王八蛋幹了這種事，他住在哪裡，他們要叫警察去抓他，那個不要臉的小鬼把她扔在醫院就跑了，難道她不生氣？難道她不想讓他付出代價？諾瑪逐漸意識到這是真的，這一切不是惡夢，於是閉緊嘴巴，搖著頭，一個字也不肯說。即使護理師當著所有在急診室走廊等候的人脫掉她的衣服，即使光頭醫生把頭探進她腿間，開始戳弄她的私處，諾瑪已經不認得她自己的私處了，不光是由於她從肋骨以下都沒有感覺，也因為在她總算有力氣抬起頭定睛一瞧時，她只瞧見紅腫破皮的恥骨，看起來完全不像她自己的身體，她沒法相信下半身的皮肉都是她的，發黃的皮膚上起了一片疹，像市場上被挖空內臟的死雞。就在那一刻，他們決定把她綁起來，說是避免她在醫生插入金屬勺子的時候亂動，免得她受傷，但諾瑪心知真正的原因是不想讓她逃跑，因為她沒有一逮到機會就逃出那裡並不是由於她不想逃，儘管她光著屁股，儘管從門口吹進來的微風令她渾身打顫，牙齒格格作響，那陣風其實溫暖悶熱，可是諾瑪的體溫超過四十度，對她而言那風冰寒透骨，有如夜晚從河谷市周圍山陵吹來的風，近乎藍色的巨石山脈上覆蓋著松樹和栗樹，幾年前的二月十四日，佩普曾經帶他們去看；他說，諾瑪跟她媽媽、她弟妹在河谷市住了那麼久，怎麼從來沒去過森林？他們從沒看過那麼特別的風景真是太可惜了，那雄渾壯麗的大自然堪稱世間奇景，喜歡逗他們開心的佩普這麼說。雪！我們去看雪！她弟妹一邊唱，一邊在小路上走著，小路在高聳的林木之間蜿蜒，起初諾瑪也跟他們一起踩著跑跳步，很開心能出來走走，遠眺腳下的城市，欣賞好近好近的雲朵、地衣上的冰霜、鋪滿松針的地面，可是誰曉得那天早上她穿衣服時在想什麼，居然忘了穿襪子，林地的溼氣很快便透過她鞋底的破洞滲進去，最後把諾瑪的腳給凍僵，像可憐的派翠西歐一樣又冷又僵。後來她實在疼得受不了，佩普只好放棄散步，背著她下山，一路走到公車站，搭車回市內，結果他們沒登上山頂，沒碰到雪，沒像電視上播的一樣丟雪球跟堆雪人，弟妹一路埋怨，媽媽說還不都是因為諾瑪太笨，真是該死的大白痴，每次都把事情搞砸。回家路上諾瑪默默淚流不止，佩普試著逗她高興，開玩笑地說她媽媽不管怎樣總是壓力很大的樣子，但媽媽一路上都譴責地瞪著她，癟著嘴，就像那些護理師得知諾瑪為何被綁在病床上時的臉色，在她被醫院收治的那天晚上，社工也對她露出相同的表情：妳們這些小騷貨，年紀還沒大到有辦法收自己捅的簍子，結果迫不及待把腿打開，我要叫醫生別替妳打麻藥，直接幫妳掏乾淨，看妳會不會學到教訓。妳是要怎麼付醫藥費，啊？誰來照顧妳？不管那個人是誰，他得逞之後就把妳給晾在一邊，讓妳求助無門，妳竟然還想著要保護他，簡直是大呆瓜。是誰對妳做這種事？把名字告訴我，不然被抓去關的就是妳，到時妳就會變成幫助犯，別這麼傻，孩子。通往走廊的門敞開著，冰冷的風從門口吹進來，幾乎要讓諾瑪暈厥過去，她闔上雙眼，閉緊嘴巴，想像小路易斯微笑的臉，以及他的褐色亂髮，在陽光之下近乎紅褐色，最初小路易斯在公園跟她搭話時，她頭一個注意到的就是髮色。可憐的小路易斯，他壓根不曉得諾瑪做了什麼，不曉得女巫做了什麼，不曉得查貝拉說服她做了什麼；起初女巫連說了好幾次「不要」，是查貝拉這麼哀求她：喔，行行好嘛，這可憐的女孩需要幫忙，不要這麼狠心啦，小女巫，這種時候少裝清高了，妳都替我跟我那些女孩搞定那麼多次，這有那麼為難妳嗎，妳要多少？女巫只是搖頭，理都沒理查貝拉，在髒亂的廚房中自顧自把各種小玩意從一頭挪到另一頭，廚房的天花板很低，牆壁貼滿色情照片，架上擺著蒙灰的玻璃罐，四處貼著主題黑暗的畫作、眼睛被挖掉的聖人小圖像，以及大胸部老女人雙腿大開露出胯下的剪貼圖片。唉唷，小女巫，不要這樣嘛，那小子也知道這件事，他同意的，對不對啊，小美女？查貝拉這麼問諾瑪，諾瑪一時沒答腔，不過她隨即感到查貝拉在桌子下踢了她一腳，連忙猛點頭。女巫直視她的雙眼，諾瑪背上泛起一陣涼意，但仍勉力迎向她的目光，不知女巫從諾瑪眼裡看出什麼，她撥了撥在爐子裡發亮的煤炭，說：好吧，她做。她幫諾瑪準備她那劑出名的藥，那是帶著鹹味的濃稠藥湯，女巫加進大量的酒，使藥湯滾燙無比，另外還從髒兮兮的容器倒入大把藥草跟粉末，最後終於把藥湯裝進玻璃罐，放在諾瑪面前的桌上，旁邊是盤海鹽，鹽上放了顆爛掉的蘋果，由一把片魚刀貫穿，周遭散落著枯萎的花瓣。女巫不想收錢，她看著查貝拉在桌上放的兩百披索，臉色無比嫌惡，諾瑪覺得等她們一走出屋子，女巫鐵定就會把錢給燒了。一從女巫手中拿到藥湯，她們便起身離開，這讓諾瑪鬆了一大口氣，可是到了外面，走在回查貝拉家的泥土路上時，兩人聽見女巫站在廚房門邊大喊，她的嗓音很奇異，聽起來既粗啞又高亢，諾瑪倏地回過身去，儘管女巫已經把面紗拉下來遮住臉，她仍意識到女巫是要叫她。女巫喊道：要全部喝掉！會讓妳想吐，但一定要全部喝光！感覺會很像五臟六腑要被攪爛了，可是妳要撐下去……！不要怕！用力就對了，直到……！然後把它給埋起來！查貝拉抓住她的手腕拉著她向前走，指甲微微陷入她的皮膚，口中喃喃道：那個怪咖以為我是沒經驗的白痴嗎？一面加快腳步，假裝沒聽到女巫的呼喊。女巫最後又喊了一句：最好是留在這裡喝……！可是她的聲音已然遠去，諾瑪再也聽不見年長的女巫想告訴她什麼，她氣喘吁吁地努力跟上查貝拉，空出來的那隻手緊緊抱住玻璃罐，免得罐子掉下去碎成一片片。查貝拉繼續說著：蠢女巫，我看她是腦袋不清楚了，這麼小題大作幹什麼，我很了解這檔事好嗎，拜託喔，第一個發現妳肚子裡有小孩的人就是我，不是嗎？是我看到那條線，那條妊娠線證明了一切，那時候妳為了試穿我的裙子把衣服脫掉，我後來把那件裙子送妳了，因為妳的衣服太破爛，妳記不記得，小美女？諾瑪記得非常清楚，當時小路易斯帶她回家不過三個禮拜，第一次同床共枕的那夜，他倆沒怎麼睡，編織著各種謊言，因為他們根本不認識對方，這也代表他們分不出哪些是真、哪些是假，在沒鋪床單的床墊上，他們對彼此悄聲說著自己的故事，小路易斯那間小屋的燈泡壞了，四周幾乎伸手不見五指，只能在每次對方笑的時候看見牙齒反射的微光。那一夜他們最後做了，算是有，一部分是因為諾瑪整晚都在等他索取收留她的報酬，諾瑪很怕會被他發現，很怕他會從隆起的腹部或嘴裡的味道察覺什麼，不過她很走運，小路易斯那天晚上沒有親她，碰她時也只用指尖羞澀地輕觸，有那麼幾回，她還以為是蟲子的翅膀碰到她，畢竟有蟲子從敞開的門口飛進來徘徊，想必是被他們身上的汗味吸引而來。天氣過於燠熱，他們慢慢褪去衣物，諾瑪覺得那燠熱感彷彿是從她體內發出，從那鼓脹的可惡小腹透出，萬一小路易斯伸手碰觸，那個肚子絕對會背叛她，但小路易斯連試都沒試，其實他那晚什麼也沒做，應該說，他只是躺在諾瑪身邊，在她主動開始逗弄他的老二時發出輕嘆，她會這麼做是因為耐不住這種不確定感，耐不住等待，於是她開始輕扯他胯下那根，像好幾年前她幫古斯塔夫或馬諾羅洗澡時，會撥弄他們的小雞雞，看著小肉棒隨著她的撫摸越來越硬、越來越大，總會讓她笑出來。小路易斯跟她弟弟一樣，在她摩娑時動也不動，之後她跨坐上他瘦骨嶙峋的腰，用激烈的節奏前前後後、上上下下地搖，他卻連一聲呻吟也沒有，那明明是佩普愛到不行的節奏，小路易斯卻似乎沒有感覺，一次也沒讓諾瑪聽到他爽得大叫，沒伸手摸她胸部或捧她屁股，什麼也沒有。他實在太沒有動靜，諾瑪看不清他的臉，不禁懷疑他在自己身下睡著了，難堪之餘，她眼眶泛起淚水，從他身上挪開，躺回床墊，背向著他，由於剛才那場毫無意義的運動而汗流浹背；小路易斯在入口架了一塊板子充當門板，上方有個空隙，她便透過空隙注視那一條絲絨般的黑夜，快要睡著時，她感覺到小路易斯在她身後挪了過來，怯怯地將手放在她赤裸的腰上，用乾裂的唇在她的肩胛骨之間落下一吻。諾瑪渾身一個激靈，再度用手摸索著他，這次換他採取主動，他沒把嘴唇從她背上移開，就這麼進入了她，儘管他插入的是另一個穴，進去時竟出奇地輕鬆熟練，那是諾瑪全身上下唯一沒被佩普占有的洞，因為諾瑪覺得很噁心，而且她一直以為痛得要命，不過小路易斯做起來卻很舒服，可能是因為小路易斯沒把全身重量壓在她身上，也可能是因為他動的方式跟佩普不同。他用一種奇特的動作在她體內抽插，一下子令諾瑪沒忍住，悶聲發出了享受的呻吟，小路易斯卻再度一僵，似乎突然不知如何是好，諾瑪只好主動做下去，迫切渴望讓他高潮，渴望感受到他射在裡面，渴望讓一切終結，但儘管她花了好長一段時間彷彿無止無休地狂亂扭動，盡可能往後把他納入體內，小路易斯卻默然無語地用手按住諾瑪的腰，小心翼翼從她身體退出，幾乎像是無聲地對她道歉，抽出去時那根已經軟了。諾瑪不知什麼時候終於睡著，等她再度睜眼，天色已然大亮，膀胱鼓脹得猛然抽疼；諾瑪試著把小路易斯叫醒，想問廁所在哪裡，但是他就算被猛搖肩膀也毫無反應，仍舊在床墊上蜷曲成一團，棕色皮膚下的脊椎骨清晰可見。他實在太瘦，諾瑪不禁懷疑他搞不好年紀比她更小，看他的身板這麼骨瘦如柴，細瘦的陰莖宛若一條膽小的蝸牛，躲在腿間那一小片毛髮森林，雙臂像骷髏，豐滿的嘴唇含著拇指在睡夢中吸吮。諾瑪坐在床墊上，套上她前一天穿的連身裙，心想也許小路易斯聽到她起身的動靜會醒來，可是他含著拇指繼續睡下去，絲毫沒發現她站起來搬開充當房門的板子，走到庭院的外圍蹲下來尿尿。解放完，她扭了扭屁股甩掉差點順著腿往下流的最後幾滴，然後站起身來，調整了一下裙子，轉頭望向庭院另一頭那棟用混凝土塊建造的房屋，愕然發現打開的窗戶中有個長捲髮女子對她招手。諾瑪轉頭張望，只見庭院裡沒有別人，才確定那個女人真的是要對她說話。等諾瑪走到窗邊，女人對她說的頭一句話是：不要這麼髒，小美女。她塗成深紅色的厚脣微笑起來，雙肩裸露，在早晨的溼氣中，她披散的頭髮微微捲起，像個褐色光圈那般襯托著她的臉龐。她臉上撲了粉底，妝容有些糊掉，流下來形成一道道黑痕。見到她那頭跟小路易斯極其相似的捲髮，諾瑪暗想：她一定是小路易斯的媽媽，不禁羞愧得臉上一燙。那女人點了根菸，說：我們這間屋子裡有廁所，接著她越過諾瑪的頭頂把菸吐出，用點燃的菸頭往屋內一指：想用的話進來就好，不用擔心，我不會咬人。諾瑪點點頭，愣愣看著那兩片塗得像小丑的脣瓣咧開來，露出無瑕但微微泛黃的兩排牙齒。女人說：我叫查貝拉，妳呢？女孩一頓，過了一段自認適當的片刻才答道：諾瑪。查貝拉複誦：諾瑪，諾瑪……妳知道嗎，妳跟我最小的妹妹克拉麗塔實在是像，我好多年沒見到她了，但妳根本是她的雙胞胎嘛。我猜妳跟她一樣喜歡做那檔事，是不是？妳來這裡就是為了跟那個臭小子來一發，對不對？她說著挑起畫得細細的黑色眉毛，用菸往那個破爛鐵皮小屋一指，小路易斯還睡在那裡面。諾瑪咬住嘴脣，查貝拉見她默認，不禁尖聲大笑，諾瑪忍不住又紅了臉，隨後查貝拉縱聲大吼，劃破早晨的濛濛霧氣，響亮得八成直傳到高速公路上去：狗崽子，這次幹得太超過啦！這女孩八成才剛戒尿布！接著她又對諾瑪一笑，但這次的笑不同，與其說是親切，不如說是緊繃：妳真的很像我家的克拉麗塔，小美女，只是妳該好好洗個澡了，妳聞起來像餿掉的魚，而且這身破布髒得要命。諾瑪悄聲坦承道：我只有這件裙子。查貝拉不耐煩地翻了個白眼，匆匆抽了最後一口菸，把剩下的菸蒂往庭院一扔，肩膀微微一轉，示意諾瑪隨她進去屋內，但諾瑪一陣遲疑。快點，不要傻站在那裡，查貝拉這麼喊道，便從窗邊走開了。諾瑪繞過屋子外牆，從一個打開的門口進屋，走進一個看起來像是融合客廳、餐廳和廚房三種功能的房間，牆壁漆成深淺不一的綠，飄著菸灰、油煙和酒臭味。房間中央有個男人癱坐在扶手椅上，雙腿大張，十指互扣著擱在腹部，臉上戴著深色太陽眼鏡，留著薄薄一層略顯花白的小鬍子，正在看電視上播的運動比賽，音量轉得很小。諾瑪在門口猶豫一陣，喃喃道了聲你好，垂下頭匆匆走過電視機前，避免打擾那位先生，不過就在幾秒鐘後，那男人張嘴發出長而嘹亮的鼾聲，諾瑪這才發現他睡得正熟。諾瑪循著煙味和查貝拉低啞的嗓音向前走，查貝拉的說話聲始終沒斷過，引領她走過一條短短的走廊，把頭探進唯一一扇打開的門。查貝拉對她招呼道：這是我房間，怎麼樣，不賴吧？諾瑪還沒回答，查貝拉便接著說：顏色是我自己挑的，想營造得像藝伎的房間，像吧？我有幾件很少穿的裙子，本來想著要送石劍酒店那些女孩，但她們淨是些不知感恩的臭婊子，只顧自己，誰管她們去死。諾瑪環顧周遭，牆壁是紅黑配色，紗簾原本想必是白的，現在已經被菸味和尼古丁給染黃，巨大的床幾乎霸占了整個房間，上頭堆著成山的衣服、鞋子、一罐罐乳霜、化妝品、衣架跟胸罩。來，試試這件，查貝拉這麼對她說，遞出一件材質是彈性布料的紅底藍點連身裙。怎麼了，快穿呀，快快，跟妳說了我不會咬人，不要呆站在那裡，小美女，妳說妳叫什麼？諾瑪張口想回答，但查貝拉嘴上沒停，訓話道：出來混要學精明一點，只要鬆懈一秒鐘就會被社會給壓垮的，克拉麗塔，所以妳最好叫外面那個白痴替妳買幾件衣服。不要被任何人給騙了，男人都是這樣，全是懶惰的米蟲，非得一直催才會派上一點用場，那小子也是一樣，妳要嘛跟他挑明了講，要不然他會把錢都花在毒品上，一個不留神妳就會變成負責養他的呆瓜，克拉麗塔。我跟妳說這些，是因為我了解那個小混帳，我了解他的個性，了解他玩的把戲……他可是從我肚子裡生出來的！妳這就去跟他說，叫他幫妳買衣服，給妳錢花，帶妳去鎮上，妳就是要像這樣把男人管得緊緊的，讓他們有事情忙，才不會搞出一堆爛事。諾瑪點頭，但她們倆聽見睡在客廳的男人發出如雷的鼾聲，一時打斷了查貝拉的話，諾瑪忍不住抬手掩住嘴角的笑意。查貝拉說：找死嗎克拉麗塔，我看到妳在笑了，妳這蠢婊子；不過她自己也在笑，露出黃色的大牙。妳別看他現在這麼沒用，以前他是個真男人，帥得不得了，那都是車禍之前的事了，克拉麗塔，那場車禍徹底毀了我男人，他從此變成廢物，只會操他媽的喝酒，連在我工作回家累得要死時泡杯咖啡都做不到。我早該叫他滾蛋才對，是不是？換個更棒的，找個真正的男子漢，反正我又不愁沒人挑，是吧？我年紀是大了，但我走在鎮上還是有辦法讓男人轉頭看我，只要我打個響指，就會有一群混蛋為我搶破頭，搶著要贏得我的心。好了，過來吧，克拉麗塔，不要像個笨蛋一樣站在那，小美女。諾瑪拿著連身裙走到房間中央，不知如何應對查貝拉連珠炮的一串話，以及她手中那根菸飄出來的薄霧，在她說話的同時，嘴裡還是一支接一支地抽，從來不會咳嗽或嗆到，她甚至把菸用牙齒咬著，彎身撿起地上的東西丟到床上，或是從堆在床上的衣物中抽出幾件扔到地上。克拉麗塔，妳覺得呢？我是該叫他滾蛋，還是繼續養這個吃軟飯的殘廢？反正這是我家，我做牛做馬賺錢蓋的，別以為那個蠢貨幫過我什麼忙。查貝拉掌心向上雙手一揮，轉身指著兩旁的家具跟房裡每樣東西，從牆壁到窗簾，顯然也包括整棟房子、蓋房子的地，看她那副氣勢，搞不好整個村子都是。諾瑪咬著下唇不敢回答，好在查貝拉繼續喋喋不休，用不著諾瑪回應什麼。克拉麗塔，這就是為什麼妳要學精明點。妳還那麼小，小美女，有很多時間能找個比外面那蠢蛋更好的對象。抱歉說這種難聽話，但我是發自內心的：我不曉得妳在那傢伙身上看見什麼優點，我告訴妳，妳能找到更好的，我們都知道那呆子根本沒前途。不如這樣，小美女，我幫妳出公車錢，讓妳回妳住的小鎮還是哪裡，我敢打賭妳不是拉馬托沙的人……被我說中了，是吧？我敢說妳甚至不是貴博鎮來的……喔，看在老天的份上，克拉麗塔！不要呆站在那邊！把那件髒裙子給脫掉，小鬼。不要跟我說妳會害羞，說到底，妳身上有的我還不是都有。快快，現在就脫！諾瑪別無選擇，只好脫下她身上的棉質連身裙，任其掉在地上，然後將頭和雙手穿過小路易斯的媽媽給她的那件裙子。裙子材質很軟，貼合她的身體曲線而撐開，她朝掛在黑牆上的鏡子一望，驚駭地發現她的孕肚比平時更明顯了。查貝拉在她身後說道：喔，克拉麗塔，妳這傻蛋，妳怎麼不說妳已經淪落到這個地步？小路易斯的媽媽出現在鏡中，一張臉就在諾瑪的肩膀上方，深紅色嘴唇彎起無情的笑。她下令道：讓我看看，距離之近、語氣之堅決讓諾瑪猝不及防，於是她輕輕彎身，拎起裙襬往上掀。查貝拉無視諾瑪毛髮濃密的雙腿和裸露的私處，全神貫注盯著她隆起的小腹，伸出一根指甲塗成螢光綠的指頭，沿著那條泛紫的線一路摸上去，從陰毛的外緣直達她的肚臍。除了覺得癢，諾瑪更感到一陣暈眩，一陣激靈。妊娠線，查貝拉如是說。諾瑪放下裙襬，轉頭望向窗外，凝望遠處隨風搖曳的一排棕櫚樹，一半是因為她尷尬得不敢看查貝拉，一半是因為不想吸到菸味，查貝拉又換了一根新的。女人問：是小路易斯的嗎？諾瑪答道：不是。那他知道妳有了嗎？女孩聳了聳肩，接著又搖了搖頭，說：他不知道。她透過鏡子注視查貝拉，女人則雙眉緊鎖，盯著她的腹部若有所思，雙手環胸，往空中一彈菸灰，從一邊嘴角吸進一大口菸，終於開口道：好，現在先什麼都不要告訴他，知道嗎？諾瑪站在原地，呆看著女人的倒影。因為妳不想要這個小孩，對吧？還是妳要？諾瑪感到兩耳一燙，兩頰再度一燒。如果妳不要，我認識一個可以幫妳的人，她知道怎麼搞定這種事。那女的腦袋是有點不對勁，也算她可憐，偷偷告訴妳，她總是讓我渾身發毛，但她其實是個好人，妳到時候看就知道了，她到最後鐵定一分錢也不要，妳一定猜不到她幫我跟石劍酒店的女孩搞定多少次。如果妳不要小孩，我們可以找她替妳解決，還是妳想要？妳最好下個決定，小美女，而且要快點，妳的肚子可不會變小。即便是透過鏡子，諾瑪仍舊無法直視查貝拉的雙眼，於是她低頭看自己的身體。她不只是肚子比先前還大，兩乳也變得更沉重，足足比之前大了一個罩杯，搞不好是兩個罩杯，她也不是很確定。一個禮拜前她已經放棄穿自己唯一的那件胸罩，因為再也穿不下了，逃家之後自然也沒穿。合身的只有那件裙子，就是那件查貝拉皺著眉用兩根手指從地板拈起來的棉裙，自從她下定決心離開河谷市，她始終穿著這件連身裙，另外還有件套頭上衣，不過在公車沿著海岸駛入悶熱無比的地區時，那件套頭上衣已然失去作用，反正無論如何，諾瑪都在路上把那件上衣弄丟了，大概是在公車司機把她叫醒要她下車時，被她留在座位上，也說不定是那些開貨卡的男人纏著她不放時，她跑進蘆葦叢中想躲開那些人，就這麼把衣服給弄丟了。有那麼一瞬間，查貝拉的沉默太難以忽視，她差點張口把來龍去脈全說了出口——差點就想說出一切，不放過任何細節——但庭院有人喊她的名字，阻止了她。是小路易斯，他站在窗戶另一邊，只穿著內褲，雙眼因正午豔陽而瞇起（還是因為怒氣？），頭髮亂七八糟的。等他的雙眼總算適應昏暗的房間，瞧見諾瑪，他問：妳在這裡幹麼？查貝拉叼著又一根菸，斥道：你覺得是來幹麼，偷窺的小混蛋？小路易斯狠瞪媽媽，噘起嘴脣面露不悅，怒氣沖沖地掉頭走回他稱之為「小屋」的破狗窩。諾瑪決定跟過去，她謝過查貝拉的裙子，奔過客廳（男人依然在電視機前熟睡），一走進小屋，小路易斯開口就對諾瑪說：妳少跟她說話。不要跟她說話，不要再進那間屋子，懂嗎？他沒有提高音量，但他緊緊握住諾瑪的手臂，在她皮膚上留下指印。他接著說：要尿尿就去後面，但我不想看到妳進那間屋子，我不希望妳變成她店裡的妓女，懂嗎？諾瑪對他說好，她懂了，甚至道了歉，雖然她不太確定自己在道什麼歉。之後幾天，趁著小路易斯躺在床墊上打鼾，諾瑪受不了鐵皮小屋的悶熱，就會無聲地起身，溜進坐落於土地另一端的混凝土塊房屋，穿過那扇總是敞開的門，走進查貝拉的廚房，這時連查貝拉的老公穆拉都還沒醒，她就泡咖啡、煎蛋，煮些豆泥、芭蕉飯、炸玉米餅，用任何她從櫥櫃找到的東西簡單弄點吃的，煮好時查貝拉碰巧工作完回到家，蹬著高跟鞋在屋裡踉蹌地走動，捲髮蓬亂，雙眼因菸味和缺乏睡眠而布滿血絲，她會往桌上的食物一瞧，臉上露出大大的燦笑：克拉麗塔，妳真是小天使，妳比我厲害了百倍，真的，看看這些蛋，老天啊，再跟我說一次為什麼我生了外面那個忘恩負義的狗崽子，卻沒有像妳這樣的女兒。等查貝拉吃完，抽了最後一根菸，跌跌撞撞走進房間躺下，床腳的電風扇全力吹送，諾瑪會用另一個盤子裝滿成山的食物，穿過庭院，叫醒小路易斯逼著他吃。那可憐的傢伙實在太瘦了，諾瑪幾乎可以用一隻手掌握住他的上臂，他瘦到用不著吸氣，諾瑪就能數出他有幾根肋骨。真的好瘦，老實說，也真的好醜，臉上斑斑點點，牙齒歪七扭八，典型的黑人鼻，頭髮毛躁捲曲，不過看來這種髮質在拉馬托沙是常態。也許正因如此，看他高興才會這麼觸動諾瑪的心弦，諾瑪喜歡看他被她說的什麼傻話逗笑，他的雙眼會在剎那間一亮，渾身的悲傷消失殆盡，在那個瞬間，他又變回當初在貴博鎮公園跟她搭話的年輕人，當時她坐在長椅上哭，因為她好餓、好渴但是身上沒錢，也因為把她從河谷市大老遠載來的公車司機突然叫醒她，把她踢下公車，丟在荒郊野外的加油站，四周唯有綿延數哩的甘蔗田，更慘的是由於她從加油站走到鎮上，臉和手臂都晒傷了，雙腳也浮腫發疼，小路易斯過來問她為什麼在哭的時候，諾瑪已經拿定主意要穿過馬路，走進公園旁的一間小旅館——牆壁上有個招牌寫著「馬貝拉旅館」，漆成了閃亮的豔紅色，紅得像血——她想求櫃檯接待員讓她打通電話，一通就好，讓她跟人在河谷市的媽媽說話，她會告訴媽媽她人在哪裡、為什麼逃家，把所有的事情都告訴她，媽媽想必會對她怒吼，掛上電話，然後諾瑪再也沒有別的選擇，只好走到高速公路上搭便車去港口，實踐她原本的計畫。當然了，要是她夠幸運，搞不好用不著到港口去；要是她夠幸運，搞不好附近就能走到海邊，搞不好她能找到一塊突出的岩岸，讓她縱身入海。可是事態不妙，那幾個開貨卡的人出現在公園另一頭，他們在諾瑪走到貴博鎮的路上不停騷擾她，諾瑪正要從長椅上站起來跑進旅館時，那個褐色頭髮的瘦男生過來了，本來他待在公園最遠處的長椅邊，整個下午不斷偷瞄諾瑪，跟他一起的朋友正在呼麻，失控地咯咯發笑，而他露出笑容穿過廣場，在諾瑪身旁坐下，問她出了什麼事，為什麼要哭。諾瑪望進男孩的眼睛，那雙眼睛黑沉沉的，卻很溫柔，襯上長長的眼睫毛，讓他更添迷人風采，雖說他整張臉其餘部分醜得像豬，臉頰髒兮兮、鼻子太大、嘴脣太厚。諾瑪不忍心騙他，但也不敢和盤托出，於是她編了一套介於事實和謊言之間的說詞，說她會哭是因為她真的很餓很渴，而且她迷路了，身上連一披索也沒有，可是她做了很壞的事，沒辦法回家。她沒說的是，雖然她用所有的錢搭公車到最遠的地方，結果被公車司機丟在高速公路旁，但在那之前，就在那天早晨，她本來計畫要去港口，因為她記得跟媽媽去過一次，那時諾瑪還很小，弟妹都還沒出生，所以她那時大概才三、四歲，算一算也許媽媽當時已經懷了馬諾羅，只是諾瑪不曉得而已。港口之旅是她印象中最後一次跟媽媽單獨出門，只有她們兩個，每天都在帳篷裡遙望海灣，在溫暖的海水中游泳，品嘗炸魚和螃蟹餡餅，諾瑪覺得真是人間美味。

她也沒告訴男孩，她本來打算在抵達港口之後做什麼：她要沿著以前跟媽媽去過的海邊一直走，找到城市南邊臨海的一大塊礁岩，爬上巨石，撲向底下的滔滔黑水，終結一切，終結她的生命，同時終結她體內那東西的生命。這些諾瑪都沒告訴他，只說她真的好餓、好渴，已經筋疲力盡，又很害怕，因為她在鎮上一個人也不認識，也因為她走進鎮中心的時候有人開著貨卡跟著她，逼得她離開馬路邊，躲進蘆葦叢，那些站在貨卡後廂上的男人對著她吆喝，給她取綽號，把她當狗似地對她咂舌發出嘖嘖聲，開車的金髮男人戴著太陽眼鏡和牛仔帽，他伸手把震天響的音樂聲關小，me haré pasar por un hombre normal（註6），叫諾瑪上車，que pueda estar sin ti, que no se sienta mal，可是她嚇壞了，用最快速度跑進田裡，蹲伏在甘蔗之間，直到那群人找她找膩了之後開車離開；而就在這個當下，同一群人正把車停在公園另一端，就在教堂旁的酒吧外面，諾瑪不禁嗚咽一聲，指了指那輛貨卡。小路易斯緊張地一笑，露出歪七扭八的牙齒，抓住她的手，用雙掌裹住，悄聲叫她不要指，無論如何絕對不要指著那些人，她逃離那群人是明智的決定，大家都知道戴帽子的金髮男是個藥頭，他叫庫可·巴拉巴斯，常常綁架女孩子，以傷害她們為樂。接著小路易斯雙眼瞪著地面，聲音微微打顫，似乎很難為情地對諾瑪說，他身上沒有錢可以幫她，但要是她能等一陣子，他搞不

註6 本段歌詞大意為：「讓我假裝我很正常／假裝我可以沒有你，假裝我很好。」

好能湊到一點錢，然後帶她一起去公園前面買幾個三明治，如果諾瑪想要的話，也可以在他家借住一晚，不過他不是住在鎮上，而是住在相距大約八哩的拉馬托沙，當然前提是她想去，因為他能幫的只有這些，他不想讓她哭壞那雙漂亮的眼睛，但說真的，要是她不想也沒有關係⋯⋯她只要答應他一件事，無論如何都不要搭上庫可的貨卡，鎮上人人都知道那個金髮男是狗娘養的混蛋，喜歡對女生做非常、非常邪惡的事，他不想說那傢伙有多變態，最重要的是諾瑪得明白，她絕對、絕對不能上那輛貨卡，也不要去找警察求救，那些混帳東西也聽同一個老大的話，說到底他們基本上都是一夥的。諾瑪渴得喉嚨發疼，聽了這番話之後大為感激，向他保證會照做，會在這裡等他，於是小路易斯動身籌錢去，她則留在長椅上，交握放在大腿上的雙手，雙眼緊閉，嘴脣緊抿，像在禱告，其實她是想忽視腦袋裡的小聲音，那聲音說她簡直是個白痴，竟然相信一個來歷不明的人，這人八成只是想占她便宜，開些空頭支票、講些好聽話來騙她，畢竟男人都是一樣的啊，不是嗎？這些惡劣的傢伙什麼漂亮話都會講，卻壓根不打算信守承諾。可是小路易斯沒騙她，小路易斯證明那個小聲音錯了，雖然他花了好幾個小時，天都黑了，公園裡的人已經走光，只剩那些嗑藥的，但小路易斯回來了，亮出他拿到的錢讓她看了看，然後帶她去吃公園前面賣的三明治。吃完以後，小路易斯牽著她的手，走過鎮上曲折蜿蜒的街道，街上滿是塵土，寂然無聲，一群群流浪狗四處徘徊，警戒地瞪著他們。接下來他們穿過廣闊的芒果園，樹上纍纍垂著仍然青綠的果實；再往前是懸在河上的一座吊橋，在那個時間，周遭漆黑一片，肉眼完全看不見那座橋；然後是一條泥土路，從中貫穿不住窸窣的草原。夜色濃黑，諾瑪甚至看不清下一步要踩在哪裡，小路凹凸起伏，一時狹窄，一時寬闊，整趟路程中，諾瑪都疑惑著小路易斯怎麼有辦法看穿如此深沉的黑暗，她覺得小徑隨時會從腳底消失，害他們倆摔落懸崖，所以她緊緊抓著小路易斯的手，時不時拜託他不要走那麼快，途中他們經過一段窄路，周遭充斥著聽來十分凶狠的昆蟲嗡鳴聲，小路易斯便用手臂環住她的肩膀，輕聲哼起了歌。他的歌聲很美，是男人的歌聲，不像他整個身軀看起來只是個孩子；在那片彷彿要將他倆吞沒的不祥暗夜，那歌聲讓諾瑪的心神鎮定下來，稍稍緩解了她雙腳磨破起水泡的痛楚，也讓她混沌的腦袋清醒了些，雖說她內心的小聲音依然令她困惑不已，那聲音堅持要她離那小子遠點，回高速公路去，不擇手段前往港口，爬上巨石頂端，躍入海水，任憑自己摔成一團肉醬，結束這一切。小路兩旁長滿了彷彿活生生、會呼吸的草叢，過了好久好久，他們終於抵達一個小村落，這裡沒有路，沒有公園，沒有教堂，只有幾間房屋，以昏暗的燈泡照亮。他們有些踉蹌地順著下坡走，來到一棟混凝土塊建成的小房子，門前也掛了一顆裸燈泡，照亮門廊。但小路易斯沒帶她進屋，也沒敲門，反倒領著她走到房子後頭，進入一座鐵皮屋頂的小木屋，他自豪地說是他親手蓋的，對已然精疲力竭的諾瑪而言，這個小屋簡直完美，不等小路易斯開口她便在床墊上躺下，悄聲說起自己的故事，確切說來，是她比較不覺得羞恥的那部分故事。他側躺著聽她說，始終沒碰她臉頰和雙手以外的任何部位，甚至沒叫她翻身仰躺、兩腿打開，或叫她低頭替他含老二，不像佩普，每次佩普跟她一起睡的時候，都會叫她做這些事。佩普會說：幫我含，蛋蛋也要，用力點，小寶貝，妳很想要吧，就是這樣，整個含進去，不要裝作妳覺得很噁心的樣子，我知道妳很愛——雖然並不是這樣，諾瑪一點也不喜歡，可是佩普會這麼說，她也從來沒糾正他。事實是，起初她是喜歡；事實是，起初她甚至覺得佩普長得帥，那時媽媽帶他回家一起住，當諾瑪跟她弟妹的新爸爸，諾瑪真心感到高興，因為只要有佩普在，什麼事都變好了，弟妹比較不會煩她，媽媽不會把自己鎖在浴室裡，尖叫著說她好孤單、好想死，也不會在晚上把他們反鎖在屋內，一個人出去喝酒。但諾瑪還沒準備好把佩普的事告訴小路易斯，不願去想關於他的事，不願去想他們之間做了什麼，要是她向小路易斯說了實話，他就會明白諾瑪有多壞，會覺得早知道就不要幫她了，然後把她攆出小屋，回到黑夜，所以諾瑪只跟他說起河谷市，說那裡多醜、多冷、多令人悲傷，比方說她跟媽媽、媽媽的老公、像小怪獸的弟妹住在社區裡，弟妹總是讓她的日子很難熬，媽媽老是為了弟妹闖的禍責罵她。她還撒了個謊說她有男朋友，說那男生跟她念同一所初中，不過他是三年級，不是一年級，長得很帥，非常叛逆，留著長頭髮、愛穿有破洞的牛仔褲，她家人想盡辦法阻撓他們……她講了各種事情，唯獨不想向小路易斯招認她只親過佩普，也就是她的繼父，她媽媽的丈夫，那時她十二歲，佩普二十九歲，兩個人窩在沙發上蓋同一條毯子，看電視上播的電影，他拿諾瑪從來沒親過別人的事取笑她，諾瑪為了鬧他玩，就用雙手抓住他的臉，給了他一個大大的吻，純粹是開玩笑的，她那一吻落在佩普的嘴唇跟鬍子上，發出響亮的啵聲，當時佩普正試著留鬍子，但留得不怎麼成功，被親之後他暢快地大笑，隨即動手搔她的癢，弟妹全衝過來一起加入。佩普喜歡取笑她，喜歡給她小小的挑戰，比如手掌朝上放在她正要坐的位置，偷捏她屁股一把，再假裝不是他捏的，那些都很好笑，或者該說起初是很好笑，佩普的關注讓她很得意，每次看卡通他都堅持坐在諾瑪旁邊，用手環住她的肩，輕撫她的背、肩膀跟頭髮，不過都是趁著媽媽人在工廠的時候，趁著弟妹鄰居小孩在社區中庭玩的時候，而且總是藏在毯子底下，這樣大家正在看電視螢幕時，就沒人會發現佩普的手在做些什麼：他用手指撫過諾瑪的肌膚，順著她的身體曲線往下摸，從來沒人這麼撫摸過她，連她媽媽也沒有，就連在最美好的那段日子，弟妹還沒出生、諾瑪不需要爭奪她的注意與關愛時，媽媽也沒有這麼撫摸過她。那感覺有些癢，但老實說又不是真的癢，反而讓她微微打顫，體內滾燙，嘴裡驟然逸出嘆息，那些呻吟令她很難為情，只好想盡辦法掩飾，生怕弟妹會聽見，怕媽媽會察覺，也怕佩普一旦發現她有多喜歡會立刻停手走開，因為在這種時候佩普都眉頭緊皺，呼吸變得低沉粗重，看起來像在生氣，所以她會盯著電視螢幕，跟著每個好笑的橋段笑，假裝自己什麼也感覺不到，好像完全不受佩普的愛撫所影響，等他膩了或累了，他會從沙發上站起身，關進浴室，再出來時他會攤開手掌湊到諾瑪的鼻子前，要她聞他尿尿完留在手上的騷味，諾瑪會咯咯發笑，因為這時候氣氛又變得很白痴、很好笑了，佩普只是在鬧她，只是對她表達關愛，只不過他對諾瑪的愛比對其他弟妹要深厚得多，甚至超越他幾個月前才跟媽媽生的佩皮多。到了晚上，在大家應該睡覺的時間，諾瑪會豎起耳朵努力聽他跟媽媽談些什麼，尤其是跟她有關的事，媽媽越來越擔心諾瑪長大了，說她最近的行為舉止怪怪的，也很介意佩普老把注意力全放在她身上，佩普會說別傻了，他只是想給那可憐的孩子一點父愛，畢竟她從來沒感受過父愛，佩普的關心是真誠而純粹的，萬一那女孩會錯意也算正常，就算她真的有那麼點迷戀上他，那也沒什麼，她正處於那種尷尬的年齡嘛，荷爾蒙分泌得正旺盛啊，真可憐，她搞不好以為我對她是另一種愛，她的年紀還太小，內心剛開始產生各種讓人不安的情緒，卻又不懂得表達。佩普這個人很會說話，你絕對猜不到他連小學都沒念完，有時你還會以為他主修法律或新聞什麼的，以為他在當老師或正在念研究所，因為他對什麼事都有辦法給出一套解答，丟出一些沒人知道的詞彙，諾瑪的媽媽會全神貫注地聽，接受他的說詞，隔天繼續出門工作，留諾瑪負責送其他人上學跟準備午餐，這時媽媽又會老調重彈：諾瑪，妳已經不是小孩了，很快妳就會是成熟的小姐，所以妳做事最好也成熟一點，擔起這個家的責任，替妳弟妹做個好榜樣。如果我逮到妳又跟特蕾那幾個樓下的小賤貨混在一起，妳就死定了，如果有誰跑來告訴我妳跟年紀比較大的男生一起去撞球館，那妳也死定了。不要以為我很笨，以為我不曉得別人去那裡都在搞什麼鬼，我早就聽人家說，那些輟學生都喜歡在撞球館晃，等著玩第一個願意把貞操獻給他的小騷貨，把女生搞成「禮拜七」之後就拋棄她。諾瑪會搖著頭說：不會的，媽媽，我不會去那種地方，看妳都擔心得快瘋了，不用擔心，每次放學我都直接回家。但是等她之後獨處時，回想媽媽的話，她才意識到自己不曉得什麼叫禮拜七，也不懂那跟鄰居、街角的撞球館、誰跟誰玩有什麼關係，也差不多是在那時候，她開始不安，因為佩普變得很愛把手指伸進她體內，堅持整根中指都要進去，雖然她覺得有點刺痛，也覺得下腹有點不舒服。後來她更是擔心得睡不著覺，原因是某天下午她腹部絞痛，去了學校的女廁，坐在馬桶上時她發現內褲沾了血，紫紅色的血飄著異味，就是從佩普最近喜歡伸進去的洞流出來的。她驚恐地心想：終於來了，是那個招來災難的禮拜七，她跟全家人的生活都會被毀掉，這是為了處罰她讓佩普把手伸進她腿間，也是處罰她趁晚上繼續偷偷愛撫自己，趁那時沒人會看見或聽見，弟妹在床的另一端熟睡，佩普跟媽媽忙著把床搖得吱軋作響，沒空翻身看她在做些什麼：她一面碰那個洞，一面想佩普，想著佩普的手指、佩普的舌頭。因此她決定不跟任何人提起她流了血，怕媽媽會察覺不對勁，會發現諾瑪幹了什麼好事，發現佩普直到那天依然會趁媽媽外出工作時做的事。諾瑪很怕媽媽會把她趕出家門，她常常告誡諾瑪，那些被搞成禮拜七的笨女生最後淪落得什麼下場，她們被趕出去在街頭流浪，只能靠自己，孤苦無依，全是因為她們讓男人占便宜，沒有要求男人尊重她們，大家都曉得如果女人不把持住自己，男人就什麼都會要。事實是，諾瑪放任她繼父要了很多，要了太多，更糟的是她還想再給更多，想讓他做盡他想做的一切，那些他常常在她耳畔呢喃的事，學校男生在廁所牆壁上塗鴉亂畫的事，街上的老男人會對她低聲咕噥的事，她想讓那些男人對她做的事。坦白說，不管是佩普、學校男生、老男人，只要誰想都可以，她什麼都願意，只要能讓她忘卻內心龐大的空洞，好幾個月來，那空洞讓她在死寂的夜裡默默淚溼枕頭，直到媽媽的鬧鐘響起，直到第一批貨車的廢氣充斥在河谷市早晨冷冽的灰色空氣，那些淚水源於她內在的深處，她不明白為什麼會有這些眼淚，但依然藏著沒告訴人，因為她覺得很丟臉，在這種年紀還莫名其妙地哭，好像還沒長大一樣。媽媽一直都是這麼告訴她的：她已經長大了，很快就會是個成熟的小姐了，她得要求別人尊重她，給弟妹做個好榜樣，不要再偷懶不用功，他們花了一堆錢請七樓的露西塔太太照顧小佩皮多，就為了讓諾瑪可以念書，她可不要浪費了這筆錢，她要懂得感謝媽媽跟佩普千辛萬苦讓她好好念完學校，讓她能夠有所成就，最重要的是，諾瑪一定要以媽媽為戒。媽媽常常這麼說，意思是要諾瑪記取媽媽的教訓，不要重蹈覆轍，然而諾瑪花了很長一段時間，才明白媽媽所謂的「教訓」是指什麼——她指的當然是諾瑪跟她弟妹，但尤其是諾瑪，她是長女，是五個小孩之中的老大，算上可憐的派翠西歐就是六個小孩，願他安息。媽媽接連犯了六次錯誤，每一次都是出於絕望，迫切想要綁住某個男人，但幾乎每個人都不承認是孩子的生父；對諾瑪而言，這些男人不過是個影子，媽媽晚上出去喝酒時會將那些影子披上身，絲襪輕薄得透出雙腿肌膚，腳下蹬著她從來不讓諾瑪試穿的高跟鞋。那次她逮到諾瑪穿著她的鞋，在屋裡喀啦喀啦亂走，跟娜塔莉亞對著掛在牆上的鏡子碎片化妝，媽媽說：不要耍白痴了，所以妳想讓男人看妳是不是？然後呢，讓他們用髒手在妳身上到處亂摸嗎？妳每次都要這樣左耳進右耳出，是不是？記取我的教訓，諾瑪。去把臉洗一洗，鞋子脫掉，還有，如果被我發現妳穿這樣上街妳就死定了，如果我聽鄰居說妳穿我的衣服、畫我的口紅妳就死定了。諾瑪點了頭，道了歉，偷偷刷洗染血的內褲，免得媽媽把她趕出家門，免得媽媽發現她最害怕的事情已然成真，直到有一天，諾瑪終於恍然大悟，她從頭到尾都弄錯了：禮拜七指的不是內褲上沾到的血，而是血不流時身體會變成什麼樣子。有天在放學回家的路上，諾瑪找到一本小書，撕破的封面上寫著《無論幾歲都能讀的童話故事》，她隨手翻開，第一眼瞥見的是一張黑白插圖，上面是一個駝子正在害怕地哭，又有一群長了蝙蝠翅膀的女巫在猛刺他背後的肉瘤，由於這張圖實在太奇怪了，諾瑪顧不得時間、顧不得籠罩的烏雲，顧不得在媽媽從工廠下班前她還有碗盤等著要洗，有弟妹等著要填飽肚子，就這麼在公車站坐下來，讀完整個故事，畢竟在家裡她從來沒有時間看書，就算有時間也沒辦法讀，誰叫她弟妹老是鬧得天翻地覆，電視總是大聲播著，媽媽不停大吼大叫，更不用提佩普的挑逗戲弄，以及每夜等著她的一堆作業，寫作業之前還得先洗碗盤，是她每天中午離家上學之前煮飯用的。於是她拉起外套上的帽子戴好，雙腿盤在裙子下，把故事完完整整讀了一遍，裡面說的是兩個小駝子，這也是那則童話的名稱，其中一個小駝子某天晚上在離家不遠的森林迷了路，那座森林又黑又危險，據說女巫會聚在那裡做邪惡的壞事，所以迷路的駝背小矮人害怕極了，卻找不到路回家，只能在夜幕降臨時四處亂走，忽然間，他遠遠瞧見火光，心想可能是有人升起營火，連忙跑上前去，以為自己得救了。不料在他跑到燒著大型篝火的空地時，卻發現那是一場女巫集會，女巫一個個面貌駭人，長了蝙蝠翅膀、雙手全是尖爪，圍在熊熊燃燒的火堆前，在陰森可怖的氣氛中唱著：**禮拜一**、**禮拜二**、**禮拜三**，三；**禮拜一**、**禮拜二**、**禮拜三**，三；**禮拜一**、**禮拜二**、**禮拜三**，三，女巫發出嚇人的尖笑，對著滿月嚎叫，並沒有發現小駝子，他躲在離火堆不遠的巨石後頭，聽她們反覆吟唱，不知怎麼搞的，他突然湧現強烈的衝動，深吸一口氣，等女巫又唱了一遍**禮拜一**、**禮拜二**、**禮拜三**，三，駝子便跳上巨石，用盡全力大吼：**禮拜四**、**禮拜五**、**禮拜六**，**六**！他的吶喊在空地中響亮地迴盪，一聽見他的聲音，女巫通通僵在原地，宛如石化般圍在火邊，火光在她們猙獰的臉上照出嚇人的影子。過了幾秒，她們四處亂竄，在樹木之間奔走，尖聲狂吼著要把說了那句話的人類揪出來，這時可憐的駝子躲回石頭後方，想到自己即將面臨的命運便瑟瑟發抖，最後女巫還是把他給找到了。但出乎他的意料，女巫沒有傷害他，沒有把他變成青蛙或蟲子，沒有吃掉他，反而變出好幾把有魔法的大刀，切除了他背上的肉瘤，而且他一滴血也沒流，也不會覺得痛，因為女巫很開心駝子把歌謠改得更棒了，其實她們早就覺得那首歌有點單調，駝子發現他的肉瘤消失，背板可以挺直，自己再也不駝了，不禁高興得要命，不僅如此，除了治好他的駝背，女巫又給他一桶金幣來答謝他讓歌謠更有趣，最後告訴他怎麼走出被下咒的森林，這才繼續進行女巫集會；一到家，小矮人就跑去找跟他一樣駝背的鄰居，給他看治好的背跟女巫送的財寶，但鄰居是個壞心腸又愛嫉妒的人，覺得他才配擁有那些禮物，因為他比較了不起、比較聰明，而且女巫一定很笨才會隨便送人金子，於是在下個週五，嫉妒的駝子打定主意要照鄰居的方式做，天黑之際，他走進森林尋找那群白痴巫婆，在黑暗中走了好幾個小時，最後也迷路了，他差點就要靠著樹幹坐倒，發出恐懼絕望的大叫，這時他遠遠瞥見就在枝葉最濃密、林木最幽深之處，女巫正圍著火堆唱歌跳舞：**禮拜一、禮拜二、禮拜三，三；禮拜四、禮拜五、禮拜六，六；禮拜一、禮拜二、禮拜三，三；禮拜四、禮拜五、禮拜六，六！**嫉妒的鄰居快步上前，躲在同一塊巨石後方，等女巫唱起下一輪：**禮拜一、禮拜二、禮拜三，三；禮拜四、禮拜五、禮拜六，六，**壞心腸的小矮人便放聲大喊，可惜他雖然自認比鄰居更聰明，但腦袋其實沒有那麼靈光，只見他深吸一口氣，用手掌圍在嘴邊，用盡氣力大吼：**禮拜七！**女巫一聽通通停下跳到一半的舞，僵在原地，宛如石化一般，然後那個笨蛋駝子從藏身之處走出來，露出真面目，張開雙臂，以為那群女巫會衝過來替他治好駝背，送他比鄰居更多的金銀財寶，但沒想到那些女巫怒火中燒，抓撓自己的胸口，用指甲扯下一塊塊皮肉，又抓破臉龐，拉扯醜惡頭顱上飄揚的頭髮，像野獸一樣咆哮尖吼：是哪個蠢材說了禮拜七？哪個壞傢伙毀了我們的歌？接著她們看見壞心腸的小矮人，蜂擁而上，用魔法跟詛咒變出從第一個駝子背上切除的肉瘤，改放在他身上，而且為了懲罰他的莽撞跟貪婪，女巫把肉瘤放在他的腹部，也沒有送他金子，反而變了一桶疣出來，那些疣跳出桶子，立刻黏在那個討厭鬼身上，他只好頂著這副樣子回家，身上多了一個肉瘤，臉頰跟全身上下到處長疣，書上解釋說這是因為他跑出來大喊禮拜七，在故事的最後一張插圖中，愛嫉妒的鄰居身上有兩個瘤，一個讓他駝背，另一個讓他看起來像懷孕，這一刻，諾瑪終於明白自己居然這麼傻，誤以為禮拜七指的是每個月弄髒內褲的血，很明顯，禮拜七其實是指再也不流血時發生的事，像她媽媽頻頻在夜裡穿肉色絲襪和高跟鞋外出之後，肚子會一天天逐漸大起來，大到比例顯得非常詭異，最後蹦出一個新的小孩，讓諾瑪又多一個新弟妹，又一個媽媽犯下的錯，帶來又一輪新的麻煩。不僅是對媽媽而言，更是對諾瑪而言：晚上無法安睡，每天疲憊不堪，髒臭的尿布、堆積如山的髒衣服，以及哭聲，永不間斷、永不止息的哭聲。又一張嗷嗷待哺、號哭不止的嘴，又一個得在媽媽工作時幫忙看顧、照料、管教的小身軀，媽媽也累極了，還跟諾瑪最小的弟妹一樣喊餓、脾氣壞、渾身髒兮兮，媽媽自己也是個孩子，需要諾瑪餵養、輕拍、安慰，替她抹嬰兒油按摩長繭的雙腳和發疼的肌肉，因為她連續站了好幾個小時，在縫紉機臺前反覆執行同樣的動作，站得都僵了；但最重要的是諾瑪必須傾聽，對，傾聽是最重要的，聽媽媽訴苦、咳聲嘆氣、埋怨，以及一如既往的告誡，諾瑪要點頭附和，凝視媽媽的雙眼，臉上帶著微笑，親吻她的額頭，在她落淚時拍背，因為要是諾瑪有辦法安撫她，要是諾瑪能替她分擔滿腔鬱悶，也許媽媽就不會反鎖在浴室中尖叫著說想死，也許媽媽就不會出門喝得爛醉，在陌生男人的愛撫中索求愛，讓自己被那些臭男人傷害，男人都一樣混帳，嘴上說願意為妳摘下天上的星星月亮，到了緊要關頭又把妳當破布丟掉。所以不要相信他們，諾瑪，不要被男人騙了，不要以為他們會關心照顧妳，不要期待他們為妳做任何付出；妳要比他們精明，要叫他們尊重妳，萬一妳給人家一點好臉色看，男人就會得寸進尺，所以妳要放聰明點，用腦袋好好思考，找個老實、肯吃苦、信守諾言的好男人，像佩普這樣不會在妳禮拜七時拋棄妳的好男人。然後諾瑪會點頭說好，她會的，她永遠不會聽信任何男人嘴上的話，她永遠不會讓那些混帳東西得逞，那些王八蛋對女人做盡下流事，到頭來只是把女人給毀掉。凌晨時分，她在床上無聲哭泣時，會心想自己一定有某個部分很邪惡、很髒、爛到骨子裡，她跟佩普一起做的事才會讓她獲得這麼多愉悅，有時他在工廠值夜班，回家時天剛破曉，那時諾瑪的媽媽前腳才出門，他會走進廚房，也不管諾瑪手上正在做家事，一把就抓起她抱到大床的床腳旁，那是他跟媽媽一起睡的大床，他就在那裡脫掉諾瑪的衣服，就算她還沒洗澡也無所謂，接著讓她在冰涼的床單上躺平，她渾身因期盼與寒冷而打顫，隨後他赤裸的身軀便覆了上來，肌肉緊實的胸膛緊貼著她，激烈地掠奪她的唇，諾瑪有時覺得這樣的吻很美味，有時則覺得反胃，不過關鍵在於不要去想——在他揉捏吸吮她的胸部時什麼也別想，在佩普爬到她身上時什麼也別想，他的肉棒沾了口水變得溼滑，把她的穴撐得更大更寬，就是他那天趁著看電視，在毯子底下第一次用手指開拓的那個洞。在那之前，那邊明明什麼也沒有，只不過是一層層皮肉，她坐在馬桶上時尿尿會從那邊流出，當然有個洞是便便用的，天知道佩普用了什麼方法，竟然變出另一個洞，佩普用他的舌尖和粗糙的手指搗弄一段時間之後，小穴會越來越大，大到能容納她繼父的整根老二，他是這麼說的：一口氣直吞到底，頂到最深處為止，這樣才對，諾瑪就喜歡這樣，這幾年來她一直偷偷想要他的屌，對不對？畢竟她親了他那一下，那就是證據，證明是她先開始的，是她先勾引他的，是她用眼神懇求他這樣做，也是她在床上那麼浪地又扭又搖，一坐就把他硬邦邦的巨根吞吃到底，被頂得喘不過氣，著了魔似地渴求他的精液。這就是為什麼他進入她之後幾乎都撐不到一分鐘，她就是那麼棒，依然那麼緊，在他懷裡那麼柔順，老天，雖然她只是小孩，但誰都看得出她就愛這一味，從她小時候就能看出她會很放蕩，天生的肉便器，看她走路時屁股搖成那樣，看她注視著他的眼神，況且她老愛黏在他身邊，老是在他身上滾來滾去，老是偷看他運動或在洗澡前脫衣服，她笑得那麼狡黠，那種笑容哪像個小女孩，那是女人的笑，這種騷女人總有一天會是他的，總有一天會是他馬子，不過他要先替她做準備才行，是吧？要教導她，示範給她看，讓她慢慢習慣免得受傷，畢竟他可不是什麼禽獸，差得遠了，他給的全部都是她要的：溫柔的撫觸，輕輕的按摩，揉搓她的胸部，那兩粒奶在他的碰觸下越長越大，乳頭吸吮了幾下就變得飽滿多汁，腿間小小的三角地帶一下就溼了，只不過是在她荳荳上揉捏了幾把，他喜歡用嘴舔她小穴，舔到時機成熟，他的男根就能直接滑進去，一點也不會讓她痛。一點也沒錯，是諾瑪自己主動的，是她的身體想要。如果不是妳想要，我的老二就插不進去了，懂嗎？如果妳不喜歡我對妳做的事，妳哪會溼成這樣？繼父在她耳畔呢喃這些話的同時，諾瑪會咬住嘴唇，全神貫注用瘋狂的節奏搖動腰肢，因為她搖得越快，佩普就越早射，然後她就可以依偎在他的臂彎，讓他摟著她輕搖，吻她的髮際，等他的屌重新硬起來。諾瑪總是在等這一刻，這時她能閉上雙眼，感受光裸的身體緊靠著佩普，暫時忘記這樣的時光一向不長久，忘記她一定有什麼地方又壞又邪惡，才會想要這樣的肌膚之親、這樣赤裸的擁抱，才會想要這一刻持續到永恆，即便這代表她背叛了媽媽，不顧媽媽為諾瑪跟弟妹付出的一切背叛了她。諾瑪事後總是厭惡自己，那份痛恨根深柢固，因為她摧毀了媽媽獲得幸福的機會，好不容易有個男人願意留在她身邊，當她孩子的父親，在週六夜晚把床搖得吱嘎作響；在嫌惡與快感、羞恥與痛苦之間，諾瑪不曉得事情怎麼會變成這樣，自己怎麼會懷孕，她以為佩普把一切都處理好了，以為佩普都搞定了，他一直留意著她的週期，在她月經來時叫她全部聽他的，他應該知道什麼時候可以插、什麼時候不能，有一段時間，他還會給她吃小藥丸，這樣無論何時只要他想就可以內射，不過後來他怕小藥丸被諾瑪的媽媽找到，就沒給諾瑪吃了。諾瑪不曉得為什麼會這樣，可是人生一下子變得比平時更灰暗、更寒冷，她越來越沒辦法在五點起床，替媽媽泡咖啡、做帶去工廠的便當，在學校一天到晚打呵欠，冷得受不了，而且她永遠都好餓，雖然食物突然都變得很難吃，她想吃的東西只剩麵包，不管是甜是鹹、是剛出爐或是不新鮮，甚至發霉了也無所謂，她可以整天吃麵包，其他任何種類的食物都讓她作嘔，比如說煮過的番茄，還有公車上坐她旁邊的乘客散發的油膩味，以及弟妹身上的酸臭味，尤其是古斯塔夫，他現在還學不會怎麼好好洗他屁股，又堅持要睡在諾瑪旁邊，不管到哪他都飄出一股汗臭味，充斥諾瑪的鼻腔，讓她睡不著覺，很想把那小鬼從床上踢下去，想揍他、扯他頭髮，直到他學會怎麼擦屁股為止。這個髒鬼，總有一天我要把你丟在街上，讓你迷路，被別人拐走，我要把你們一個個抓著後頸拎起來，讓那些拐小孩的人帶走，怎麼樣啊，到時你們就不會再給我惹麻煩了，也許到時候一切都會回到諾瑪跟媽媽相依為命的日子。那時她們還沒搬到河谷市，住在日租的破爛小房間，沒辦法下廚煮飯，只好吃切片麵包、香蕉配煉乳度日。儘管如此，媽媽的肚子照樣一天天變大，大到沒辦法彎腰繫上編織涼鞋的繫帶。有天晚上諾瑪冷得醒來，發現只有自己一個人在床上，媽媽什麼也沒告訴她就走了，把她鎖在屋內，不管諾瑪哭了多久、哭得多厲害，媽媽都沒有回來。感覺好像哭了很多天，但是過了兩個晚上媽媽回來了，整個人蒼白憔悴，懷裡抱著一個襁褓，是她的弟弟馬諾羅，他就像個愛哭又皺巴巴的神祕生物，整天黏在媽媽胸口，每次媽媽出門找工作輪到諾瑪顧著他，他老是沒完沒了地嚎啕大哭。馬諾羅之後是娜塔莉亞，娜塔莉亞之後是古斯塔夫，再來是派翠西歐，可憐的派翠西歐；他們租的套房一間比一間潮溼冰冷，諾瑪好久沒見到媽媽，因為她最後找到在服飾工廠做外套的工作，有時她會一口氣連上兩班，這樣才能勉強餬口，諾瑪很想她，但她很快便發現要是她在媽媽下班回家時哭，要是她抱怨弟妹或說他們怎樣搗蛋，媽媽會變得心情很差，然後套上高跟鞋出門看有沒有人請她喝一杯，於是諾瑪什麼也不說了。她不能讓媽媽失望，她要幫媽媽才行，要是少了諾瑪，媽媽自己一個人應付那些愛哭愛叫的小屁孩絕對會瘋掉——她一向都是這麼跟諾瑪說的，說如果少了諾瑪，如果諾瑪不在身邊，如果沒有諾瑪幫忙，她會活不下去。所以她要是知道諾瑪那麼笨，不聽她的勸，對她的告誡左耳進右耳出，她一定會生氣；所以諾瑪放學後越來越晚回家，她才會那麼火大，我拜託妳，諾瑪，妳就該待在家裡，妳是去哪裡了？怎麼拖這麼久才回來？什麼意思，妳在路上看書？妳覺得我是白痴是不是？妳以為我有那麼好騙嗎，以為我不曉得妳跟那些男生鬼混？丟下妳弟妹不管妳不覺得丟臉嗎？考試一直搞砸妳都不覺得可恥？看妳的眼睛腫成那樣，肚子那麼鼓，簡直像隻鯨魚，裡面大概都是寄生蟲吧，妳這隻豬，妳把麵包全部吃掉了，我們現在要拿什麼給妳弟妹當點心？我說真的，妳真是不知羞恥，討厭死了。然後佩普說：好了，臭婆娘，不要為了這種事小題大作，有什麼好氣的？就是在氣這個小賤人啦，等她在外面亂搞出了事，把肚子弄大再跑回來，我們是要怎麼辦？到時候要怎樣？不怎麼樣啊，臭婆娘。人生就是這樣，幹麼那麼生氣？這就是為什麼我們是一家人啊，不是嗎？互相扶持，互相幫忙，不是嗎？那一刻，他竟然還有膽子在媽媽背後朝諾瑪眨了個眼。要是諾瑪有了，我們就讓小孩跟我姓，一起帶小孩，不好嗎？然後媽媽說：要是被我逮到妳跟那些年紀比較大的男生鬼混，妳就滾出去吃自己，聽到沒有？佩普跟我工作累得像條狗，不是為了讓妳到處亂搞。諾瑪咬住嘴脣，咬住舌頭，阻止自己回嘴——她寧願死也不願把真相告訴媽媽，不願說出她跟佩普在媽媽自己的床上幹了什麼，諾瑪覺得媽媽一定會崩潰，但也許她真正害怕的是，說不定媽媽根本不會相信她。萬一諾瑪說出實話，佩普卻讓媽媽相信她是在撒謊，那該怎麼辦？或者，如果媽媽相信她，卻還是決定跟他在一起，不假思索把諾瑪踢出家門，叫她滾出去，那該怎麼辦？也許現在就離開會比較好，趁肚子越來越明顯之前離開，逃離家裡，逃離河谷市，逃離每天清早的涼意，儘管時值五月，那寒冷卻仍滲入她骨髓；回港口去吧，回到她跟媽媽一起出門旅遊的時光，再度爬上那塊石頭，撲入海洋，帶著在她體內生長的那東西一起縱身入海。媽媽永遠找不到她，她會以為諾瑪跟某個男生跑了，為此火冒三丈，搞不好就氣到懶得找她，也或許她會在夜裡哭泣，想著這孩子多乖，幫了家裡多大的忙，家裡少了她有多空虛。還是現在逃家的好，趁媽媽依然需要她，死掉總比失去她來得好。這就是為什麼她會對查貝拉說好。那時她來到拉馬托沙已經三週，小路易斯開始用溺愛的眼神注視她的肚子，雖然她什麼也沒敢跟他說。她跟小路易斯平時就是這麼相處的：幾乎不說話；他會在正午屋裡炎熱萬分時睡醒，諾瑪不管帶什麼食物過來他都會吃掉，接著直奔河邊洗澡，對於吃的他一次也沒抱怨過，但也從沒讚美過，因為他心裡清楚得很，那都是查貝拉付錢買的。小路易斯從來沒給諾瑪一毛錢，不像她媽媽，每天早上去工廠前都會給她零用錢。他什麼也沒給諾瑪，嗯，除了給她遮風避雨的地方，此外偶爾在夜裡，而且非要她開口不可，小路易斯才會給她軟趴趴的老二，諾瑪會爬到他身上，多半是基於要回報他的恩情，而不是基於任何慾望，然後傾身吻他微張的嘴，他嘴中幾乎總是帶著啤酒的酒臭味跟別人的口水味，那張嘴從來不拒絕她，卻也從來不主動索求她，除非是在她肚腹落下甜蜜溫柔的吻。天曉得小路易斯對她體內的東西怎麼想，天曉得他是否曾企盼孩子是他的，即便諾瑪編了個不存在的男友給他聽，說那個男生怎樣把她哄騙到手。天曉得他正午醒來時腦子裡在想些什麼，他會呆滯地坐在床上，愣愣盯著多年承受無情日晒早已龜裂的泥土地，細聽在附近樹梢築巢的烏鴉跟喜鵲啼叫，頭髮蓬亂，嘴巴張著。真醜，諾瑪站在一旁凝視他時會這麼暗想，卻又滿懷柔情：他是如此惹人疼惜，又如此難以捉摸，難以理解——為什麼他堅持跟諾瑪和別人說他在鎮上的倉庫當保全，但明明諾瑪一次也沒看他穿上制服，他出門和回家的時間從來沒個準，根本不像是有固定班表；為什麼他手頭永遠沒錢，每次回家卻總是飄著啤酒味，偶爾還會帶件新衣服或沒用的小禮物送諾瑪，比如用玻璃紙包著的枯萎玫瑰、畫了圖案的紙扇、塑膠假后冠，全是些大家在派對上免費發送的玩意，那些禮物可以送給小女孩，卻不適合送老婆；為什麼他說遇到諾瑪是他人生中最棒的事，他頭一次擁有這麼純粹、特別又真誠的感情，可是他卻幾乎不碰她，甚至很少跟她說話？為什麼諾瑪覺得他口中所說對她的愛無比脆弱，彷彿風一吹就會被捲走？查貝拉會一面揮著叉子上冷掉的食物，一面說：他跟他老爸一樣混帳，但我才是大笨蛋，竟然讓那傢伙把我肚子搞大。對，我說真的，我那時有夠好騙，真是蠢到家了，莫里歐用甜言蜜語跟該死的白痴情歌把我哄得服服貼貼，但最厲害的是他那根屌，認識他的時候我才十四，剛到貴博鎮來，我再也受不了一邊在農場摘檸檬，一邊眼睜睜看我爸把錢都拿去賭鬥雞，有天我聽說政府要蓋一條高速公路串聯港口跟油井，大家都說一定能發大財，帶來一堆工作機會，雖然我只曉得怎麼摘檸檬，我還是不顧一切地來了，結果妳猜怎麼樣？我來這裡看見的是什麼？比馬塔德皮塔還爛的鬼地方，殺了我吧，只有提娜太太的餐館肯僱我，那個賤貨真是有夠吝嗇，比鐵公雞更一毛不拔，我要用求的她才肯付我薪水，那個黑人臭婊子，她會說我偷了小費，但那個豬窩連蒼蠅都不想飛進去，哪來的小費？不過那隻老母豬自以為很有影響力，自以為是有錢的大人物，活像她那群小孩都操他媽是聖靈讓她懷的，她有辦法買那間爛店跟土地，還不是因為她跑去騎那些賣小吃的傢伙，還有比她更早在高速公路旁做生意的人。現在那個老雜種想裝清高，裝正派，結果她兩個女兒比她更黑更淫蕩，我還沒提那幾個孫女咧。她們那些人一向很提防我，從我去餐館上第一天班，就把我當成垃圾一樣對待，等她們發現我跟莫里歐約會更是變本加厲，打從一開始就鬼扯我有性病，說我不知道害死幾個貨運公司的司機，一群愛嫉妒又爛到流湯的臭婊子，整天沒事幹，只會到處瞎掰故事。那個莫里歐一次也沒幫我講話，沒種的混蛋，我說真的，連我也搞不懂當年我怎麼笨成那樣，放任那個米蟲讓我懷了小孩。懷孕之前我可是個性感尤物，小美女，改天給妳看我當年的照片，我只要把腿往馬路上一伸，車子都會停下來，而且當初每個人都叫我去首都，要是我聽他們的去了，鐵定一下就上電視，最起碼也會去拍雜誌。小美女，我當初就是那麼正、那麼火辣，沒錯，在我懷孕之前，我愛開多少價就開多少價，甚至裝難搞大玩欲擒故縱，客戶照樣會上門，我只要把上衣一脫，對那些傢伙露一露屁股，他們就硬得跟什麼似的。對，我最大的錯誤就是愛上莫里歐，整個人生都栽在他手上。我甚至沒跟他收錢——是不是想不到？他就是把我治得那麼服貼。大家都說是他強迫我進這一行的，是他在當皮條客，全是鬼扯，他才沒那種腦袋，根本創不了什麼業。我是自己從零開始賣起來的，拜託，再說這檔事我幹得那麼順手，有錢幹麼不賺？妳絕對懂我的意思，克拉麗塔，就算妳喜歡裝出一副柔弱的傻樣，但要是妳一點都不喜歡床上運動，就不會淪落到這種處境了，妳這小騷貨。妳是不是從小就覺得下面老是有點癢？妳是不是有一票小男友會立正站好，乖乖聽妳號令？以前我會背著我爸偷溜出門，跑去空地，偷看情侶互相愛撫套弄，然後回家把我看到的招式用在那些男生身上，我會把他們帶去隱密的地方，躲在草叢中，然後脫掉小內褲，張開雙腿，把他們全部幹上一輪，看那些男生老二硬邦邦地爬到我身上，我整個人興奮得發抖，他們甚至排隊等著操我！別忘了，那時我們胯下的毛都還沒長咧。就是因為我太愛做了，我才讓那個沒用王八蛋把我肚子搞大，因為我愛他媽的莫里歐愛慘了，別人我都不愛，只愛他一個。可是老天，快樂的時光太短暫了，克拉麗塔。我們只一起住了半年，他就因為殺了馬塔柯奎特的某個倒楣鬼被抓去關，我落得自己一個人，只好下海免得餓死，也才能偷塞一點錢給莫里歐，然後繼續在監獄裡跟他打炮。妳一定不信，但我那段時間可是狠狠賺了一筆。別搞錯了，我是真的很想念白痴莫里歐，不過當時卻也自由自在，沒人干擾我，沒人浪費我的時間，所以我沒日沒夜地上工，來者不拒，就算嫖客又醜又肥我也接，只要他們有錢，我就給他們好料。總之我是要說，男人都是一樣的爛貨，都想要一樣的東西，都幻想著只要把鳥露給妳看，妳就會說：哇，爹地，你那根好凶猛唷，嗯好好吃，慢慢放進來哦不然人家會痛……但其實他們心底清楚那只是遊戲的一部分，對吧？因為全天下男人都是一個樣。好，他們可能各有各的偏好，妳也得配合他們調整，畢竟滿臉痘痘的青少年把小雞雞戳進來是一回事，一堆不曉得叫什麼名字的臭胖司機發狂地頂妳撞妳又是另一回事，對吧？剛開始就是這部分最難，要學著應付這一堆呆瓜，講好話哄他們，忍受他們喝酒鬧事，不過很快就會上手了，說實話，連妳的身體都會開始從中得到快感，最棒的是年紀越大就會越來越少上當，妳會開始明白這一行有錢可撈，我說的是賺大錢，只要有個漂亮屁股就好。妳知道嗎，小美女，如果是其他小婊子的漂亮屁股更好，找個像妳剛入行時一樣走路有風的小鮮花，那才真的有大錢可撈。所以我現在不會便宜賣了，不然妳以為我怎麼維持這種身材？我本來早該是皺巴巴的老太婆，但妳看我這屁股，看它多緊實，看我肚子上一條鬆弛的紋路都沒有，而且我還能縮得跟技巧最高超的女孩一樣緊。這些日子我只跟中意的傢伙上床，但我照樣能賺夠錢養我老公，別看他表面上是個瘸腿的廢物，偷偷告訴妳，克拉麗塔，妳做夢也想像不到他的舌頭多厲害，我只要往他臉上一坐，砰砰砰碰碰，起碼爽上個五次我才會起來，我家穆拉的絕活就是這麼要人命。就因為他床上厲害，我才忍了這個沒用的殘廢這麼多年，沒有叫他收東西滾出去。再說妳要是見過他年輕時多帥就知道了，老天爺，他騎在機車上的那種酷勁，都是那個智障司機把他給毀了。諾瑪這時會轉頭望向穆拉，他坐在電視機前的扶手椅上，用食指指甲擠爆頸子上的大痘痘，一想像他把頭伸進自己腿間的光景，不禁打了個冷顫。至少佩普確實長得帥；至少佩普鼓起手臂的肌肉時，上衣的縫線幾乎要爆開。每天早上一起床，佩普都會做一百次伏地挺身、一百次深蹲、一百次仰臥起坐，那天他們去河谷市旁的森林郊遊，諾瑪忘了穿襪子，雙腳凍得受不了，佩普還扛著她下山，連續走了好幾哩，他就是這麼健壯。查貝拉繼續說：喔不，等到認識穆拉的時候，我什麼世面都見過了，所以我告訴他，如果跟我在一起他就要去結紮，我可不想再生什麼小孩了，拜託不要再給我這種小驚喜，不用了先生，懷了那小混蛋就讓我夠創傷的了，真是謝囉。我說的還不是生產本身呢——把他生下來之後，真正的麻煩才開始：我整個人糟透了，沒辦法工作，莫里歐那時正在服刑，我又病了，身上卻沒幾個錢，差點餓死。現在想想，我差不多就是在那時候認清現實，體悟到我是個大白痴，於是我告訴自己：夠了，該讓莫里歐滾蛋了，我再也不要去牢裡探望他，一披索都再也不給他，就讓他那個賤貨媽媽跟他兒子養他好了。可是這決心下得不容易，說實在，那時我還是迷莫里歐迷得七葷八素，只有他能讓我真的快活——客人沒辦法，跟客人做就只是工作，只是說說空話，可是跟莫里歐做不一樣。那傢伙的屌有那麼長，小美女，我甚至不在乎他不曉得怎麼活用，反正我只要上門去找他，把他往床上一推，爬到他身上，往他老二坐下去，直到整根被我吞得一乾二淨，像騎旋轉木馬一樣騎他，像騎牛比賽一樣騎他，小美女。我跟妳說，那時候我笨得可以，我不知道男人讓妳爽的時候，子宮會熱起來，讓精液更容易留住。我什麼都不曉得，拜託，那時我才十五歲，根本不知道事情有哪裡不對，等發現的時候已經來不及把他弄掉了。我從來不想要小孩，那邊妳那個男友自己也清楚，畢竟這種事就該攤開來明講，何必自己一個人犧牲奉獻，最好打開天窗說亮話，讓每個人都搞清楚狀況——生小孩什麼的完全就是爛事，他媽爛事一樁，用不著講好聽話遮掩，到頭來每個小孩不過是個負擔，是靠妳吃飯的寄生蟲，把妳的生命力跟渾身的血都搾乾。更慘的是，妳被迫替他們做那些犧牲，他們卻壓根不會感激。妳心裡清楚我在說什麼，克拉麗塔，妳自己看妳媽媽生了一堆小孩，一個接一個像被詛咒一樣地生，還不是因為她沒辦法滿足，別唬我說不是這樣，其實全因為她是飢渴的淫貨，而且還很笨，居然相信那些王八蛋會幫她，等到緊要關頭，還不是只能靠妳咬牙把小屁孩擠出來，咬牙照顧他們，再繼續咬牙花錢養他們，從頭到尾妳的智障老公都在酒吧逍遙，爽夠了才大搖大擺回家。妳真以為生了小孩之後小路易斯會改變？才怪！我那麼了解他！別告訴我他說要把孩子留下來，說他會養妳、他會當爸爸之類有的沒的幹話，是不是猜對了？小美女，好好把我接下來要告訴妳的話聽進去，也不要誤會，我只是很瞭解那個小狗崽子的脾氣，他可是從我肚子蹦出來的。我告訴妳，他跟他老爸一樣廢，他永遠不會改的，他絕對不會信守承諾，因為那個混帳滿腦子只有毒品──毒品跟打炮。就算他說要全部戒掉，就算他掛保證，指天發誓說只會喝點啤酒，他遲早還是會破戒回去嗑藥，回去高速公路那些店亂搞。老天在上，他還不如也吸點古柯鹼，至少他會更有精神來一發，偏偏他就不愛那一味，是吧？他喜歡像個腦殘白痴一樣晃來晃去，妳自己曉得我說的是實話，克拉麗塔，因為妳不是笨蛋，被投機取巧的傢伙騙不是妳的錯，但妳要知道那個臭小子是永遠不會變的，不管他說了什麼、答應了什麼。妳以為我不曉得他在外面都幹了什麼爛事？妳以為他總有一天會放棄玩那些東西，用妳想要、妳值得的方式上妳？我能給妳的最好建議就是：讓我帶妳去找我朋友，起碼讓我幫妳這個忙。那樣一來，妳就能好好思考妳想做什麼，不需要承受生小孩的壓力，畢竟妳還年輕，克拉麗塔，太年輕了，還不知道妳這一生想要什麼，我看著妳就像看著當年的自己，然後我會心想：真希望當初有人幫我，在一切還能挽回的時候把肚子裡那個沒用的東西拿掉，真希望有人帶我去找女巫。克拉麗塔，妳看著好了，她到時候鐵定一毛錢也不要，反正她那麼闊綽，是個百萬富翁，根本不需要這點錢，不過妳看她本人絕對猜不到，她竟然住在那種豬窩，穿那種破衣服。妳到時就知道了，她會幫妳的，交給我說服她就好：喔，拜託啦，親愛的，我們要幫她才行，可憐的寶貝，她只是個無助的孩子，難道妳看不出來？跟她說妳幾歲，小美女。然後諾瑪說：十三歲。看吧？別騙我了，小女巫，這種時候裝什麼清高，那小子也同意的，是吧？這兩個小傻蛋連自己都養不活，妳看不出來嗎？而且小孩甚至不是小路易斯的——妳來跟她說，克拉麗塔，跟她說妳是怎麼被河谷市的變態給騙上床，跟她說沒關係，妳想拿掉。女巫從頭到尾背對她們，在那個有害健康的廚房裡搗弄各種東西，聽了這話以後回過身來盯著諾瑪，面紗後的雙眼熠熠發亮，沉默良久，她說在決定之前她要先檢查一下諾瑪，看看她肚子大到什麼程度。於是她們要她當場躺在廚房桌子上，掀起她的裙子，女巫用手在諾瑪的腹部上四處按，力道頗重，幾乎帶著怒氣，或許也有些嫉妒，摸了好一陣之後，女巫說這事不好辦，時機真的太晚了，查貝拉說：別鬧了，妳要多少我都給妳，拿掉就對了，女巫說：問題不在錢，在她。查貝拉說：是小路易斯叫我們來問妳的，妳也曉得他自尊心多強，他就愛面子，你們兩個之前鬧翻，他不好意思來問妳。與此同時，諾瑪仰躺在桌上，裙子掀到胸部的位置，頭旁邊就是那顆被利刃貫串的爛蘋果，等她終於抬起頭來，女巫正在廚房裡頭四處翻找，移動鍋碗瓢盆，打開瓶瓶罐罐的蓋子，嘴裡用她又高尖又沙啞的嗓音喃喃念著，不知是在祈禱還是在下惡咒，在此期間，查貝拉不停抽著菸，菸味瀰漫在廚房令人難以呼吸的空氣中，口中一邊對女巫叨叨絮絮說著她的新情人，對方叫庫可·巴拉巴斯，就是小路易斯警告過諾瑪不要接近的人，是那個開黑色貨卡跟著她的人，那是她來到貴博鎮的第一天，搭公車坐到花光了身上所有的錢，被公車司機丟在加油站，在那裡坐了好幾個小時，不曉得該怎麼辦，該去哪裡，甚至不確定哪邊才是去港口的方向，也不知道是否該招個便車，每隔幾分鐘就會有卡車司機駛過公車站牌，眼睛打量著她。她有點害怕那些人會對她做什麼，但她同時也心想又無所謂，反正她都要投海自殺了，連帶淹死在她體內漂浮的那東西，在諾瑪的腦海中，她不覺得那東西是小嬰兒，反而覺得只是團肉，粉紅色的，尚未成形，像有人嚼過的口香糖。所以，她在路上不管遇到什麼事都無所謂。她在公車站牌花了好幾個小時天人交戰，直到開黑色貨卡的金髮男人停下車，對她微笑，盯著她瞧，車窗洩出震天價響的音樂：me haré pasar, por un hombre normal, que pueda estar sin ti, que no se sienta mal, y voy a sonreír（註7），在她們回家的路上，查貝拉的手機也響起了同一首歌，天色越來越黑，吞噬周遭的所有色彩，樹梢、甘蔗田中的樹叢、整片夜幕彷彿化為一大塊硬實的黑岩，襯著鎮上房屋前方懸掛的單顆燈泡，遠遠看起來像一顆顆閃耀的紅色小寶石。查貝拉拽著她的手往前走，諾瑪盡全力跟上，另一手抓著玻璃罐，罐裡裝著她的救命稻草，她唯一的希望，但她越來越害怕眼前的道路會冒出坑洞，讓她滾下懸崖、摔斷身上每根骨頭，或是砸爛罐子，把藥水潑在龜裂的地面上，或是更可怕的，她說不定會遇上民間傳說中潛伏於森林的妖魔鬼怪，比如皮膚乾癟發皺、頭髮稀疏的卡

註7 本段歌詞大意為：「讓我假裝我很正常，假裝我可以沒有你，假裝我很好，然後露出微笑。」

波可精靈，祂會從黑暗中現身，對她們施法，將她們逼瘋，或永生永世只能在這條駭人的小路上打轉，只能傾聽令人發狂的蟬鳴，偶爾穿插眼睛灼亮的夜鷹所發出的啼叫。查貝拉的手機響起：me haré pasar, por un hom bre normal（註8），諾瑪撞上查貝拉的背，差點發出驚叫，que pueda estar sin ti, que no se sienta mal，查貝拉放開她的手，摸索手機，接了電話，甜甜地說：寶貝……？哈囉，寶貝，我正在想……當然好，可以啊，馬上就去……沒有，沒有，但我離那邊不遠，我出門一趟……不會，不要擔心，最多十五分鐘，嗯。她嘆了口氣掛上電話，接著厲聲對諾瑪說：快走，小美女，我們要趕在那兩個笨蛋前面到家，之後妳自己看著辦，但不用擔心，把藥喝下去就一切搞定。明天早上妳會像全新的

註8 本段歌詞大意為：「讓我假裝我很正常／假裝我可以沒有你，假裝我很好。」

一樣，到時妳就知道了，這種事我已經做了幾百次，沒什麼了不起的，但小美女妳不要這麼慢吞吞，老天爺，我根本沒注意到現在幾點！我連澡都還沒洗，該死！跑起來，克拉麗塔，真是整死我了！諾瑪試著跟上查貝拉的速度，但她總覺得女人的聲音越來越遠，要是她再不趕快，就會被丟在黑暗中，一個人緊抓著罐子，罐裡裝著難喝的藥湯，她非得一滴不剩地喝掉不可。女巫說得沒錯，那些黏稠的藥讓她一陣陣地噁心，幾乎忍不住想吐，不過更難的是在痛楚終於傳來時憋住慘叫——她一度覺得好像有人正把她的內臟往外翻，用力拉扯，直到血肉被撕開，天曉得她哪來的力氣爬下床墊，到庭院去，轉身背對小屋，用手指、指甲和她挖掘時找到的小石塊，在泥土裡挖了個洞，然後爬進洞裡蹲著，熬過那陣把她私處變成一團爛肉的劇痛，腹部用力，直到她感覺有什麼東西迸出，儘管如此她依然把手伸進體內，確定沒有東西留在裡面，這才把洞給埋起來，用沾滿血的雙手拍平地面，再拖著身軀回到亂糟糟的床上，蜷縮成一團，等待疼痛消退，等待小路易斯工作結束回家。他整個人醉醺醺的，從背後摟住了她，沒發現她正血流如注，渾身發燙——他抱著諾瑪抱到隔天中午，諾瑪受不了髒亂屋子裡頭熾熱的高溫，試著下床卻辦不到，只勉強對小路易斯說了好痛、好痛，還有水、水，她的嘴脣一沾到小路易斯拿來的那瓶水，便一口氣直喝到失去意識，夢見了她在小屋後面挖的那個洞：她夢見一尾小活魚從洞裡躍起，在空氣中游動，在小路上追著她跑，想鑽進她裙下，想回到她體內，諾瑪驚恐地尖叫，嘴裡卻發不出聲音，等她再度清醒，她已經不在小屋裡的床上，而是仰天躺在醫院的病床，雙腿大開，有不認識的光頭男人把臉湊在她腿間，血依然在流，她不曉得身體裡還有多少血可流，不曉得她再過多久會死掉，社工用嫌惡的目光看著她，一個個問句在她耳邊迴響：妳是誰，妳叫什麼名字，妳吃了什麼，妳把它丟在哪裡，妳怎麼能這麼做？

接著歸於虛無，落入一片漆黑的沉寂，那靜默被哭喊劃破，是剛出生的嬰孩在哭，哭號著她的名字，她驚醒，發現自己渾身赤裸，只套了一件質料粗糙的病人袍，還被綁在床上，繩結摩擦得她手腕生疼，周遭充斥三姑六婆的閒談與寶寶酸臭的奶汗味，那些嬰孩在悶熱的病房內哭號，逼得諾瑪想用最快的速度逃跑，想扯斷手腕上的繩索，不擇手段逃出醫院，逃出陣陣發疼的身軀，逃出腫脹發燙的皮肉，逃出鮮血淋漓、無地自容、已然玷汙的肉身，就是這具軀體將她束縛在那張該死的病床上。

她想按住雙乳緩解不斷傳來的劇痛，想將汗溼的頭髮從臉上撥開，想抓撓腹部的搔癢感，想拔掉插在前臂傷口中的塑膠管；她想用力拉扯，把繩索扯斷後逃出去，這裡似乎每個人都用純然嫌惡的眼神瞪著她，似乎每個人都知道她做過什麼；她想扭絞雙手，想割開自己的喉嚨，縱聲發出最原始的吶喊，那聲哭喊就像她的尿意一樣再也止不住：媽媽，媽媽！和著新生兒的哭聲，她嗚咽著：媽媽，我想回家，原諒我對妳做的一切吧。

六

媽媽——那男人嘶吼著：原諒我，媽，原諒我，馬麻……他的嚎叫聽起來就像被輾過後一息尚存、勉強爬到路邊的狗：媽媽——馬麻啊——布蘭多蜷縮在角落，擠在牆壁跟牢裡的馬桶之間，在里戈里多的手下把他丟進來之後，他只搶到這個位置；他有些幸災樂禍地暗忖，說不定在慘叫的人是小路易斯，說不定那就是小路易斯在監獄某處劇痛難忍地哭天喊地，是小路易斯一面被用木板刑求逼供，一面嘶吼到快吐了。錢呢？那些人想知道錢去哪裡了，他們拿那筆錢做了什麼，把錢藏在哪裡，人渣里戈里多跟他底下那票只會巴結他的警察只關心錢的事，他們把布蘭多狠揍到吐血，接著把他扔進這個屎坑，這裡充斥著屎尿臭，還有刺鼻的汗味從那幾個可悲的醉鬼身上飄出來，他們像布蘭多一樣靠著牆壁，拱肩縮背地坐著，低聲打著鼾或不住竊笑，也有人一面抽菸，一面用貪婪的目光瞥向他。在這之前他已經被盯上一次，一踏進牢門，就有三個男人突襲他，那三個年輕男人讓他吃了一頓打，叫他把運動鞋脫掉——怎樣，想惹我嗎，殺基佬的？他們的老大這麼說，他在那三個人當中叫得最響，撫摩布蘭多的臉時那隻手不住打顫，皮膚黝黑，幾乎是皮包骨，留著鬍子，少了顆牙齒，身上的衣服像條破布，聲如洪鐘，不知他哪來的力氣這麼大聲：吃屌的，把你他媽的鞋子給我，不然我就把你菊花肛爆，讓你連今天幾號都想不起來。布蘭多才剛被警察亂板伺候，坐都坐不直，只得脫下愛迪達交給那個鬍子混混，那人立刻套上鞋子，跳了一段勝利之舞，舞步最後不由分說往牢房地板上的幾個醉鬼腹部一陣亂踢，醉鬼在睡夢中悶哼了幾聲。那個嚎啕大哭的傢伙到現在仍哀鳴不斷，就是那隻被輾過的狗，哭喊聲在牢房牆壁之間迴盪，布蘭多的牢友每次放聲吼回去，那聲音便被徹底淹沒：幹他媽閉嘴啦，噁爛賤貨！少在那邊吵，殺人的王八蛋！這個毒蟲殺了他親生老娘，他犯了毒癮之後暴走，把他媽腦袋砸爛，還說是惡魔幹的！我操你媽的老天在上，我等著看誰把你扁到認不出來，狗娘養的小混蛋。布蘭多蜷縮在牢裡尿液四濺的角落，雙手抱著肚子，背部盡可能往牆壁上貼，唯有縮成這個姿勢，才能確保他發腫的內臟不會從他腹腔噴出來，他現在鐵定有內出血了。即便閉著眼睛，他也感覺得到混混老大四處踱著步，聞得到那瘋子皮膚上飄出的惡臭。那個人對布蘭多說：殺基佬的。喂，殺基佬的，聽著……但布蘭多用手摀住耳朵，搖著頭。他已經給了全身上下唯一值錢的東西，這傢伙還想要什麼？他烙賽過的褲子嗎？他那條沾滿血跟尿的內褲嗎？他已經用運動鞋交換了待在這裡的權利，他應該有資格得到片刻安寧，舔舔自己的傷口吧？哭爹喊娘的傢伙還在哀叫，聽起來是在監獄另一端不知什麼地方，八成是那些豬頭暱稱為「小隔間」的小牢房，他喊著：不是我，媽媽，是惡魔，媽媽，是那個從窗子跑進來的影子，那是惡魔的影子，媽媽，我那時在睡覺啊——其他沒被操爛或揍成肉醬的囚犯紛紛回以口哨、奚落和辱罵。懂了嗎，他讓大家興奮起來了，布蘭多的牢友甚至跑去問獄警可不可以借用那傢伙一段時間，給他們整一整，搞不好還可以操他屁股，讓他真的有個好理由可以叫。你這個變態，那個天殺的混蛋弄死了他親媽欸，那些人渣怎麼還沒把你弄死啊，你這個狗娘養的爛東西？里戈里多呢？他那些手下呢？那個尿桶放在哪，把這個混帳帶去浸一浸，電線跟電池呢，去把那個愛哭包的卵蛋給電焦啊！里戈里多跟他那些走狗開著唯一一輛警車去鎮上了，他在警察局後頭的小房間逼布蘭多招供以後，立刻出發去了女巫的宅子。錢在哪裡？里戈里多這麼對他啐道：不說我就把你這個狗崽子給淹死，不說我就剪斷你雞巴往你屁眼塞，你這個小畜生，死甲……沒完沒了地逼著布蘭多告訴他錢在什麼地方，但布蘭多早就對天發誓，他在房子裡什麼也沒找到，那裡根本沒有什麼寶藏，全部都是假話，都是謠言。想起當時的憤怒失望，他甚至在那些混帳面前落下淚來，那天他們打算洗劫整個屋子卻沒找到任何東西，只有廚房桌上放了髒兮兮的兩百披索鈔票，還有客廳地板散落的幾個硬幣：沒有財寶，沒有金幣漫溢的寶箱，通通都是垃圾，一些因為潮溼而霉爛的玩意，成堆的紙、破布、沒用的東西、壁虎大便跟快餓死的蟑螂，連那個死玻璃搞轟趴用的喇叭和音樂設備都被毀了，砸成碎片，四散在地板上，就好像那個基佬不知何時火氣直衝腦門，硬是把音樂控臺全數搬上樓，越過樓梯欄杆往下扔，在地板上砸個稀巴爛。他跟警察說那裡什麼也沒有，真的，啥都沒；不過等他們停止用木板痛打他的後背（木板很重，里戈里多跟他的走狗不得不輪流動手），等他們把要用來電爆他的電線跟電池秀給他看，等他們扯下他被尿浸透的內褲，將他的手縛在天花板的水管上，布蘭多已經不得不把樓上那個房間告訴了他們——女巫宅子裡的那扇門總是鎖著，那天下午，儘管他們兩個想盡辦法又撞又撬，卻都沒辦法打開。布蘭多也不得不招認（里戈里多拿裸露的電線戳他蛋蛋），在他們把人給殺了、把屍體丟進水圳後，同一天夜裡，他又回了那棟屋子一趟，這次沒找小路易斯或穆拉一起，打算再把屋裡搜一遍，畢竟這裡操他媽怎麼可能啥都沒有？他招供說他把整個一樓全翻遍了，然後上樓回到那間臥室，再度試著打開封住的門，還帶了把甘蔗刀，因為他確信裡面一定有什麼，絕對有值錢的東西；如果沒有，為什麼要費這麼大的力氣不讓人進房間，甚至從來不放人上樓？他招出了這一切，既惱恨又羞恥，加上體無完膚、渾身疼痛，不禁哭了出來，那幾個有病的豬頭才總算滿意，把他從後頭的房間拖出來，丟進牢房，隨後一個個坐上警車開走，想當然是直奔女巫的房子去了，為了找那筆該死的財產，必要的話他們會開槍射爛那扇門。雖說布蘭多猜想里戈里多也將一無所獲，等他們恍然大悟一切只是白費工夫，就會開車回警察局，把氣出在布蘭多身上，切掉他的雞巴跟耳朵，扔進那個跟直立式棺材沒兩樣的牢房，就是那個惡名昭彰的「小隔間」，任他流血至死，搞不好還會找那個發瘋殺了親媽的毒蟲跟他快樂地作伴。其實里戈里多才不在乎女巫被殺，那個王八蛋只想知道金子在哪。什麼金子？布蘭多這麼喊道，腹部隨即「砰」地挨了一拳：

說，你把金子藏在哪，然後下背又「啪」地吃了一板，他甚至來不及說不曉得，活像那混帳會讀心術似的。你想跟我耗一整晚我也奉陪，殺基佬的，我閉著眼睛都能陪你玩，快說，錢在哪裡？你藏去哪了？布蘭多感覺得到自己五臟六腑都被揍爛，屁股也被打得皮開肉綻，對，這些混蛋很懂，知道不能直接打在他臉上，不然記者隔天跑來拍照時就會到處說警察把布蘭多屈打成招。他媽媽很快就會接到消息了，到時他的臉會被印在每一份八卦小報上，不過八成早就有哪個鄰居跑去跟她通風報信，說看到警察在羅克先生的店門前，硬把她兒子架走。殺基佬的，那個卑鄙人渣里戈里多一直這麼叫他，幹他媽就愛亂講，他們也只捅過這一個臭甲啊，布蘭多又不是把這當成什麼嗜好，再說女巫根本活該，誰叫她是死同志，誰叫她那麼賤，只會欺壓別人。沒人會替那個舔懶覺的女巫難過好嗎，發生了這些事布蘭多一點也不後悔，幹麼後悔？首先，他又沒有拿刀捅她，只是敲了她幾下，讓她配合一點，對吧？一次是在他們剛進屋的時候，另一次是後來在穆拉的廂型車後座上。殺了她的是小路易斯，全都是小路易斯害的，是他拿刀往她喉嚨戳——布蘭多這麼告訴里戈里多。布蘭多只不過是在最後抓住刀柄，把刀丟進水圳裡而已。可是里戈里多不想聽這些，他只對錢感興趣，那筆操蛋的錢，不管布蘭多怎麼說，他死都不信根本沒有財寶，從來沒有，一切只是場大騙局，要說他後悔什麼，那也是後悔他沒那個種把所有人全殺了，首先就殺小路易斯那個狗崽子，接著順道幹掉那個大嘴巴的瘸腿賤貨穆拉，然後頭也不回逃離這個一堆臭甲的噁心小鎮。他對警察說：應該把那些死同志全部抓起來燒，把鎮上的娘炮一個個燒死，老天哪，他被打得可慘了！他的膀胱被痛扁到失禁，渾身是尿，幾乎走不了路，嘴裡帶著血腥味，就這麼被扔進牢裡，馬上被其他幾個齷齪賤胚給洗劫，那是全新的球鞋耶，拜託，而且不是假貨，是正牌的——當初他從小路易斯身上摸走那兩千塊，大半都花在這雙球鞋上。就是那出了名的兩千披索，那是女巫給小路易斯的，叫他去拉贊加搞點古柯鹼來，結果他嗑太多藥丸，完全沒發現布蘭多在路上順走了他口袋裡的錢，隔天小路易斯兩手空空回去找女巫，錢又沒了，女巫整個抓狂，以為小路易斯擺了她一道，他總是這樣，於是她把小路易斯趕出家門，叫他再也不用回來。女巫老愛用那種娘娘腔的方式發飆，場面看起來可悲得要命，看這個舔屌的傢伙躺在地上又是踢又是尖叫，小路易斯那笨蛋則吼她說他才不是什麼該死的小偷，他根本沒偷東西，一定是有人從他身上扒走了，不然就是他嗑到腦袋發昏，沒注意口袋裡的錢在路上掉了，兩個人忙著演他們的芭樂爛戲，誰也沒懷疑到布蘭多身上。過了一個禮拜，等嘉年華結束，布蘭多立刻去了鎮上的服裝賣場，買了雙紅白配色的愛迪達球鞋，穿在他腳上簡直屌爆了，每當有人問起他是替誰含了蛋蛋才會有這雙鞋，他總說是他老爸送的，其實那混蛋已經幾百年沒回來看他跟媽媽，他們差不多要用求的才能拿到每月生活費，但金額幾乎不夠吃穿。他倒是用不著跟他媽解釋怎麼會有鞋子，她蠢到根本沒察覺布蘭多再也沒穿她買的鞋，她總是在市場買些爛鞋子，都是去年的舊款，便宜得要命，穿個兩天就又是破洞又有刮痕，她不只會買這種窮光蛋才穿的鞋子，還會在同一家店買些破爛玩意回來家裡當裝飾：塑膠小天使啦，最後晚餐的海報啦，牧羊人的陶瓷小雕像啦，以及塞滿客廳沙發的各種玩偶抱枕，沙發滿到甚至坐不了人，被那麼多積滿灰塵的鬼東西擋住，是操他媽要往哪裡坐？所以每次他媽媽不在，趁著她在下午出門，跟鎮上那些虔誠老太婆在教堂念玫瑰經，布蘭多就會拿走一個玩偶抱枕扯爛，在後院淋汽油燒掉，他總是想像那些抱枕是活生生的動物，是貨真價實的兔子、小熊、眼神楚楚可憐的小貓咪，在毛皮燒成灰時痛苦哀鳴。看他媽媽這麼笨、這麼好騙，他就一肚子火，他們天天吃豆子都是她害的，誰叫她把布蘭多老爸寄來的錢大半都捐給了神學院，那筆錢本來就夠少的了。更讓他火大的是他媽天天泡在教會，任卡斯托神父那個爛貨擺布，那傢伙唯一的人生目標就是在布蘭多過去蹭飯吃的時候數落個不停：他怎麼不參加彌撒，怎麼不來告解，怎麼跟那些壞朋友混在一起？布蘭多穿的衣服上面印了許多撒旦符號、惡魔、骷髏跟瀆神的言詞，他為什麼不把衣服脫掉？他聽的音樂只會誘惑他，引領他走上邪惡之路，讓他遭天譴、讓他發狂，何不把那些音樂都戒掉？他讓可憐的媽媽受了這許多折磨，他難道不覺得羞愧？他每個禮拜五都去跟那些不事生產的沒用傢伙鬼混，在公園喝個爛醉，怎麼不改去參加卡斯托神父辦的彌撒？那些彌撒是為了鎮上所有邪魔歪道而辦，那些人不信天主，從事巫術，墜入黑暗，落入魔道，追隨在人間遊蕩的邪靈大軍，大批惡靈到處徘徊，尋覓能夠趁虛而入的對象：思想不虔敬的、會用黑魔法儀式的、迷信的，遺憾的是鎮上處處充斥迷信，一切都是由於過去居住於此的原住民源於非洲，在這裡留下了偶像崇拜的習俗，也由於貧窮、荒瘠與無知。布蘭多對於那些彌撒並不陌生，小時候媽媽常帶他參加，因為她堅信自己的兒子被附身了。

儀式漫長得令人受不了，又無聊得要死，卡斯托神父會全程說拉丁語，布蘭多從來不曉得他到底在講什麼鬼話，不過快結束時會稍微有趣點，在卡斯托神父拿聖水噴灑或將手放在信眾頭上時，總會有幾個坐在前排的人開始扭來扭去，眼睛往上翻，而且還會有一票瘋女人昏倒，有的人則會講起不同的語言，發出被聖靈充滿的哭喊。那時候布蘭多還不滿十二歲，根本不曉得媽媽幹麼帶他去參加彌撒，不曉得她為何認定自己被魔鬼附體，明明他在彌撒期間從來不會想大喊大叫，也不會跟那些白痴老太婆一樣蠕動得像被煙燻的蜈蚣，但她告訴布蘭多，有陣子他會說夢話或在夢裡哭，下床在屋子裡夢遊似地亂晃，跟看不見的東西說話，有時甚至會大笑。如果他沒被魔鬼附身，那為什麼他變得那麼不聽話，問個問題也不回答？為什麼每次她叫布蘭多把手拿出口袋，叫他不要亂摸身上不該摸的地方，叫他從浴室出來，不要在裡面亂搞一些他一定偷偷在幹的下流勾當，為什麼他每次都不正眼看她？主會看到他犯了什麼罪，他難道就不覺得丟人？主會看到一切，布蘭多，尤其是你不想讓他看到的事，他會看到你躲在浴室裡面，在地板上攤開媽媽的流行雜誌時都幹了什麼，會看到你在難以成眠的夜裡幹了什麼，那些事情是你在難以成眠的夜裡自己學會的，你沒辦法怪罪給公園那些傢伙，就算他們每天都講些挑釁你的話：喂小鬼，你今天打了幾次手槍啊？你手心都長毛了啦（註9），你這變態，看。欸大家看到沒有，那小子真的在看他的手耶！還以為你不會擼，嗯？你之前不是這麼說的嗎？不過我敢說你那根又短又小的雞雞站不起來，對不對？布蘭多紅了臉，看著那些圍在他四周抽菸喝酒的人，其中幾個歲數是他的兩倍，回嘴道：站得起來啊，去問你媽就知道了。然後那些臭傢伙會笑到漏尿，布蘭多暗自得意，覺得受到這個小圈圈的接納，這些人經常在公園最偏僻的長椅旁聚集，雖說他們有一半的時間都在取笑他，笑他名字很娘，笑他雞雞一定是奈米屌，尤其愛笑當時只有十二歲的布蘭多從沒內射過。老兄，你這魯蛇！老兄，我在你這年紀已經跟老師打過炮了，真的喔。蓋塔拉塔吼

註9 歐美曾流傳著自慰會導致手掌長出毛髮的迷思。

道：威利，你講什麼屁話！在開我玩笑嗎，你這呆瓜？你不記得了喔，那天波瑞加讓我們六年級老師吃了育亨賓（註10），結果那女的受不了，倒在地上發作得超厲害？兄弟，她奶子超讚的，可惜那天沒人看到，更不要說幹她了，因為之後她再也沒回來。這麼說我想起來了，我們六年級操到的那個叫尼爾森，穆譚特這麼說道。媽啊，尼爾森！那個基佬現在跑去哪了？喔，人家說他去馬塔柯奎特開了一間美髮店，改名叫伊芙林．克里斯塔，現在不叫尼爾森了。好會挑逗的騷貨！記不記得他那個屁股？記不記得他會裝模作樣地走過我們旁邊，假裝沒發現我們在看他？我們開發他小菊花的時候他還挺年輕的，但我們受夠只能盯著他屁股想像要怎麼操爆他，有天我們帶他去鐵軌旁邊，大夥給了他一場永生

註10 育亨賓（Yohimbe）為一種藥用植物，在民俗療法中經常用來當作催情藥。

難忘的好炮，記不記得啊兄弟？那個小基佬爽到哭，這麼多根雞巴讓他應付不來！布蘭多，你真的誰也沒插過啊？少來了啦，連妓女都沒有？真的假的？連豬或羊都沒有嗎？幾個白痴笑得東倒西歪，布蘭多只用鼻子哼了一聲，咬起指甲，因為確實沒錯，一直到了十二、十三、十四歲，他都還沒跟女生打過炮，只會在浴室裡把媽媽的流行雜誌攤開，放在面前的地板上打手槍，之後再把雜誌丟掉，因為到最後雜誌上都是凝結的精液，終於從他體內噴出的精液，就像公園那些廢物警告過他的一樣，不過老二會越擼越大什麼的完全是屁話，說實在，布蘭多的確很擔心雞雞的尺寸，應該說是粗細，他覺得自己的屌大概太細了，而且太黑，根部近乎紫色，好吧，看起來確實是有點小，特別是跟A片男演員的龐然巨根相比；他看膩媽媽的雜誌上那些穿比基尼的騷貨們之後，就開始跟威利買A片來看。威利的店藏在一棟破敗公寓大樓後頭，就在貴博鎮市場的公廁旁邊，店內架上陳列著盜版電影，但他真正的生意是賣A片跟大麻菸捲，菸捲被他藏在早餐麥片罐裡。布蘭多第一次跑來跟他買A片的時候，威利差點笑破肚皮，說：你手上會長一堆毛喔，兄弟，這就是為什麼你會長一堆痘痘，這就是為什麼你這麼瘦，因為你整天都在擼。布蘭多回他：關你什麼事？然後嚥下滿肚子氣，忍受威利的嘲弄，等威利放他進後面的房間挑片，在那裡，他會瀏覽片子封面，從反射光澤的紙張上印的模糊照片來挑選，抽幾口威利的大麻菸捲，然後趕回家用客廳的錄影帶播放機看A片，趁著他媽參加彌撒或念玫瑰經時爽一把，這種時候她總會出門好幾小時，意思就是他可以坐在電視前打飛機，反覆重看他最愛的場面：魁梧的黑人壯男把波霸金髮妞按在引擎蓋上面幹；兩個淫娃用超大按摩棒互插屁眼；在同一部片裡還有個橋段，是個華人女孩被綁在床上，兩個男的同時操她，她一面嗚咽，眼睛一面往上翻，有點像卡斯托神父舉行彌撒時那些被附身的瘋子。這些場面他很快就看膩了，很快就覺得無趣，直到有天出於湊巧，不知是威利還是在首都盜錄的人搞錯了，他看到一個改變他人生的橋段，是他性生活與性幻想的轉捩點：在兩部不同片子之間夾了一小段影片，裡面是個瘦弱的小女孩，頭髮短短的，長相有些男孩子氣，渾身光裸，肩膀和微尖的奶子上散落著淺淺的雀斑。與她一同出現的還有隻巨大黑犬，那是隻前腳穿了襪子的大丹狗，流著口水不停追著女孩跑，逼得她背靠在家具上，接著把黑鼻鑽進她腿間，用粉色舌頭舔拭女孩同樣粉嫩的小穴，女孩笑得燦爛，像個呆瓜一樣格格發笑，用布蘭多聽不懂的語言假意斥責那隻狗。這段影片又繼續演了兩分鐘，女孩假裝一個踉蹌，往後跌坐在一張扶手椅上，狗往她身上一跳，用穿了黃色襪子的滑稽前腳按住她肩膀，女孩湊向那隻狗硬挺的陰莖，張開櫻桃小嘴，正要含住狗老二的頂端，接著畫面突然斷了，整個螢幕變藍了一瞬間，然後切換成另一段影片，是一個平淡無奇的假奶金髮妹把一個男的吸了個乾淨。布蘭多惱火地吼了一聲，衝過去快轉影片確認女孩跟狗是否會再出現，可惜沒用，他只有那兩分鐘能看，只能把那兩分鐘反覆循環播放好幾小時，但他真正想看的是那條狗怎麼操那個小婊子，想看小婊子含完狗屌之後跪下來，任狗毫不留情地騎她，將她紅豔的小穴填滿黏答答的精液，女孩呻吟著扭動身軀，想從小畜生的箝制中逃開，溫熱的狗液從女孩白皙的大腿往下淌……此後幾個月，布蘭多試著把這個想像的場景從腦海中消除，卻徒勞無功，甚至會在非常不方便的地點或場合因此硬得難受，比如說學校，光是看到女同學彎腰撿起地板上的鉛筆，布蘭多就會想像自己是那條黑色巨犬，撲向同學，以牙齒扯下她的褲子，將她按在地上，用他殘暴野蠻的黑屌把她幹到神智不清。有時他會半夜醒來，試著自慰來沖淡那段影片的記憶，可是那些印象從來沒消失過，加上在夜裡那個時間，他媽媽都在隔壁房間開著門睡覺，沒辦法在客廳播那段影片，於是布蘭多會溜到後院，爬上公寓屋頂，再把鄰居的鐵窗當成梯子，回到馬路上，在空無一人的街道上漫遊，尋覓任何跡象——朦朧的狗吠、細微的哀叫，然後循著聲音，前往那周而復始的原始儀式發生的地點：羅克先生那間店後頭的巷子、教堂前那座公園的花圃，或是貴博鎮郊區附近的停車場後方，這類場所總能見到神出鬼沒的流浪狗一隻隻聚集，在神聖的靜謐中野合，伸著舌頭，性器腫脹，露出尖牙要母狗臣服於喘息的慾望，臣服於由慾望決定的階級尊卑。她還有什麼選擇？看在布蘭多眼裡，牠們雙方都是同等的美——又自由又美麗，對自身滿懷確信，他就沒有這種自信，也許一輩子都不會有。布蘭多會在安全距離之外看著，免得嚇跑或挑釁了牠們，再用右手幫點小忙，遠遠參與這場亂交，把他血管中熾熱的毒液全部射個乾淨，接著回家偷偷摸摸躺回床上，在那陣美妙空洞所帶來的麻木與睏倦中睡去，每當他終於清空囊袋裡乘載的毒，總會感到一陣平靜。說不定這就是證據，無可抵賴的證據，證明他體內真的有魔鬼，雖說他從沒找到卡斯托神父說被附身會有的印記。夜裡，在黑暗中，他會用力看著鏡子，會站在洗手臺前盯著自己的倒影，卻沒看到任何一絲撒旦或魔鬼留下的痕跡，只能隱隱瞧見他膨潤的臉頰，一如往常皺著眉頭，一副無趣普通的平庸相。他倒想讓眼神邪惡點，讓瞳孔燃起熾亮的光，或額頭長出角來——操，什麼都比他現在這張蠢臉好，就只是根瘦竹竿，而且還越來越瘦弱、越來越單薄，原因之一他越來越常在晚上外出，之二是他差不多在那時候開始呼麻，大肆抽著大麻菸，不再只趁著禮拜六在威利的店裡抽，也會在家裡抽，抽完接著擼管，另外還會跟公園那群廢物一起抽，就是威利、蓋塔拉塔、穆譚特、小路易斯和其他人，他傍晚放學後都會跟這些傢伙鬼混，喝茴香酒，吸大麻，偶爾也吸點強力膠，或是難得的古柯鹼，前提是他們身上有錢。穆拉也同意載他們一程去拉贊加找巴布羅兄弟，就在馬塔柯奎特附近，去那裡買摻了一堆不知什麼鬼東西的便宜毒品，布蘭多會沾在大麻菸捲或一般香菸的菸頭上抽，不想直接用吸的吸到鼻子痛。甜美的菸霧盈滿肺部，鈍化感官，感覺美妙極了，布蘭多操他媽愛死那個燒焦塑膠味，但他已經發現每次他嗑古柯鹼嗑到正嗨，他就射不出來，就算看他最愛的那段影片也沒辦法。他會花好幾個小時打手槍，腦裡想像著那隻狗跟女孩相互追逐，美麗的女孩長相有些男孩子氣，帶著雀斑，有著粉嫩的小穴，完全不像他現實生活中見過的任何一個屄，不像他在十五、六年的人生中插過的任何一個屄，雖然他插了從來沒射。當然了，是因為嗑藥的關係，是古柯鹼，主要是古柯鹼害的，因為他吸了之後整個心智跟全身都會昏沉麻木；也因為那些混帳在背後笑他，還有那個該死的臭賤人，他的老二甚至插不了多深，操他媽的就是硬不起來，真他媽丟臉死了，反正不是他的問題，是因為嗑了藥、喝了酒又缺乏睡眠，那是他第一次跟那幫人在外頭晃到天亮。布蘭多頭一次不理會媽媽的禁令，不聽卡斯托神父嚴厲警告說貴博鎮嘉年華有多麼邪魔歪道、荒淫放蕩，假裝辦成一場盛大慶典，實際上是一群巫婆在放肆猖狂，煽動鎮上的年輕人交媾並屈服於惡習。布蘭多已經受夠只能跟媽媽關在家裡，聆聽遠遠從遊行傳來的樂聲，多好玩啊，那麼多人能在街上一整夜喝酒跳舞，鞭炮煙火聲震耳欲聾，深夜有人醉酒鬧事亂砸酒瓶，迷路的醉鬼放聲嘶嚎，在他們停下來嘔吐時才會中斷，此外每年教堂旁都會架設遊樂設施，配上洗腦的音樂；每次布蘭多終於看到那幾架金屬製的機械巨獸，它們早已遭人拆解，堆置在地，燈泡和螢光條在白晝的清冷光線中灰撲撲的，那時正是大齋首日的早晨，媽媽會逼著布蘭多陪她走路去參加彌撒，一路上的街道依然散落著垃圾、啤酒罐、空茴香酒瓶，還有衣著破爛的鄉巴佬全家睡在公園花圃或灑滿碎紙的道路上，鼾聲陣陣。布蘭多總是心想，在嘉年華前夕整個貴博鎮都如此狂熱，處處金蔥彩帶、處處煙火炮仗，最後是怎麼變成一堆野蠻人在嘔吐物中昏睡的末日亂象？直到布蘭多在滿十六歲那年決定參加嘉年華，不理會媽媽又是哭又是怨憤地罵，罵他心腸邪惡、一無是處，還威脅要告訴他爸，這話實在太好笑，布蘭多忍不住笑出聲來，因為他爸好多年前在家裡就算不上哪根蔥了，好多年來那傢伙連電話也懶得打，更別說回鎮上；布蘭多之所以笑，也因為全貴博鎮似乎只剩他媽媽不曉得他爸有別的家，他在帕羅格丘那邊有另一個完整的家庭，有老婆有小孩，繼續寄錢來只不過是出於憐憫，免得他們餓死，而他這個笨老媽一輩子泡在教堂，把頭埋進土裡當鴕鳥，以為只要祈禱懇求得夠多，主就會讓她回到從前，讓布蘭多恢復成以前那個溫順、沉默、近乎自閉的小孩，變回那個聽話的小白痴，在街上會像個小老公似地挽住她的手，公園那幫傢伙則會遠遠爆笑著奚落：布蘭多北鼻，媽咪還會幫你擦屁屁嗎？她是不是還會幫你洗澡澡，給你擦寶寶爽身粉，搓你的小雞雞讓你睡得香香的？你什麼時候才要把這副又娘又基的鬼樣子改掉，布蘭多？現在還只會打飛機你不覺得丟臉嗎？現在還沒跟女人尬過炮你不覺得丟臉嗎？那些王八蛋說：小子，你的機會現在來了。幹她啊，現在就幹她，趁她還沒醒——那是他第一次去嘉年華、第一次參加遊行的那個晚上，說得更精確點，是他第一次參加嘉年華後的早晨，因為布蘭多從來沒跟朋友在外遊蕩到天亮過，這是他第一次整夜跟大家在鎮上的街道漫遊，花車上的喇叭大聲播送各式各樣的音樂，喧鬧聲中，每條路都變得認不出本來面目。布蘭多用酒醉而迷濛的雙眼，掃過遊行舞孃裸露的皮膚，掃過道路上摩肩接踵的人群那一張張無名的臉，以及戴著嚇人面具的孩子，他們憑空出現，拿著塞了麵粉跟五彩碎紙的蛋就往分心的大人身上扔。時值二月，煙霧迷濛的空氣有啤酒泡沫的氣味，有墨西哥捲餅攤飄來的油味，有炸物的香味，也有大麻跟垃圾、遍地的屎尿、他周身前推後擁的人身上的汗臭味。貴博鎮大廣場擠滿了警察，是特別從首都調派過來控制人潮用的，雖說成效不彰；端坐在寶座上的皇后周遭人群簇擁，皇后是個年輕女孩，像古代的公主那樣身穿薄紗與錦緞，眼神空茫，強作笑容，擺弄纖細的四肢，隨著身後一整面喇叭牆播放的輕快節奏舞動：A ella le gusta la gasolina（註11），一手插在腰際，另一手扶著后冠，dale más gasolina，

註11　本段歌詞大意為：「她愛汽油／再來點汽油／她多麼愛汽油／再來點汽油。」

目光空洞，近乎驚駭，cómo le encanta la gasolina，像被腳邊的那些醉鬼給嚇著了，他們對著她亂嚷各種猥褻言詞，那神態與其說是情慾勃發，更像是飢腸轆轆，dale más gasolina，要不是警察不讓他們近皇后的身，否則他們隨時想吃了皇后，把牙齒刺入她平滑纖瘦的皮肉。布蘭多這輩子從沒笑得這麼開心，幾乎流下歇斯底里的淚水，甚至得扶著牆壁跟朋友免得跌倒，整張臉由於大麻和啤酒而火燙通紅，笑到肚子好痛，眼前一個個不折不扣的變裝皇后蔚為奇觀，來自全國各地的同志跟變性人組成一支大軍，在名聞遐邇的貴博鎮嘉年華放飛自我，在鎮上的街道盡情耍娘，穿起芭蕾舞伶的緊身衣，或打扮成有蝴蝶翅膀的仙子、紅十字會的火辣護士、啦啦隊長、精壯的體操選手、娘娘腔警察、蹬著細高跟鞋挺著小腹的貓女——有些是很有皇后相的皇后，裝扮成新娘追著男孩進了巷弄；有些是小丑似的滑稽皇后，頂著龐然雙峰、翹著巨臀，到處強吻農場工的嘴；像藝伎那樣厚施脂粉的皇后，頭頂外星人般的觸角，手持山頂洞人似的棍棒；猴子皇后，蘇格蘭皇后；穿得像硬派男子漢的皇后，乍看很正常，直到他們抬起太陽眼鏡，露出修過的眉毛、沾著五彩亮粉的眼睫毛，還有勾人的眼神；用啤酒跟你交換一支舞的皇后；為了你大打出手的皇后，徒手撕打，扯掉彼此的假髮跟后冠，尖叫號啕著滿地打滾，灑落一地亮片跟血跡，看得旁觀的人群樂不可支。前後左右全是狂歡躁動的人海，布蘭多對時間的流逝渾然不覺，回過神時太陽已然升起，已經天亮好一陣子了，他那些朋友絮絮不休地說要搞些古柯鹼來繼續嗨，說什麼穆拉可以載他們去拉贊加買粉，等他意識到時，他已經坐在穆拉的廂型車上，看那個老瘸子左彎右拐地上了高速公路，駛向馬塔柯奎特，說實在都是那些大麻、酒精跟狂歡害的，布蘭多甚至不曉得那個穿綠裙子的女生什麼時候加了進來，什麼時候跟大夥一起上了車。沒人認識她，沒人知道她的名字，但她好像也不在乎，她喝了個大醉，神智不清，而且看起來飢渴得要命，整個人歪來倒去地伸手亂抓他那些朋友的鳥。動手替她脫衣服的人是威利，他把那女生的奶從連衣裙裡拉出來，開始扯她乳頭，活像要擠奶什麼的，不過那女生爽得要死，開口呻吟起來，叫他們來幹她，全部一起上，要他們直接在車子後座尬起來，那些混帳還真的就這麼做了——他們一個接一個操她，首先是那個下賤威利，再來是穆譚特、蓋塔拉塔、波瑞加跟卡尼托，除了穆拉，因為他負責開車，不過他從後視鏡看到了整個經過，生起悶氣來，說他們會把洨噴得座位上到處都是，操雞掰這些狗娘養的；小路易斯也沒有，他嗑藥丸嗑到恍神，靠著副駕駛座的車窗昏睡過去了，從頭到尾布蘭多又是入迷又是驚駭地看著。那婊子的鮑魚透著灰色，毛髮濃密，味道令他一陣噁心。女人的屄都是這種味道嗎？那支狗影片中，那個女孩的柔嫩小穴也是這種味道嗎？操！他決定轉頭往窗外看，望向甘蔗田上方的淺藍天空，但他那些朋友不久便喊起他來：小布，喂，小布，換你囉，小布！威利嚷著：放進去啊，小子，快點插進去讓她爽，趁她現在還沒醒，這個笨騷貨昏過去了，大概雞雞吃太多或是天曉得她有什麼毛病，那些人一面大笑一面嘲弄著說：插進去，布蘭多你這呆瓜，快點上她。布蘭多心不甘情不願卻沒法拒絕，於是爬進後座，從褲襠掏出老二，但沒有把褲子脫掉，因為他死都不想把屁股露出來給那群智障看，然後他跪在那女人被抬高伸直的腿間，擠出早已不存在的信仰，用盡全力祈禱他硬得起來，就算只硬那麼一點也好，只要硬到能裝作他在幹那女的，這樣就不會在朋友面前丟臉。他只差那麼一點點就要硬了，閉著眼睛全神貫注於那女孩、那隻狗，右手偷偷套弄著老二，剛把前端滑入那個黏答答的穴口，忽然感到腹部濺上一陣溫熱。他低頭一看，只見褲襠拉鍊和T恤下襬暈開一塊深色汙漬，不禁嫌惡地大叫出聲，往後一退，靠在側門上，有那麼一瞬間，每個人都驚愕得說不出話來，接著那些狗東西哄然爆笑，指著布蘭多的胯下跟那個臭爛婊依然源源不絕的尿，大叫道：她尿在他身上！她在人家幹她的時候尿在他身上！真是賤人，這個破痲！沒人阻止布蘭多撲向那女的，照著她的臉就是一拳，因為大家笑得太厲害了。不幸中的大幸是穆拉在那個當下停了車，那邊距離巴布羅兄弟的地方差不多一百五十呎，穆拉抱怨尿騷味很臭，叫他們把那女的丟在路邊，要不是這樣，布蘭多絕對會繼續揍她，揍到她爹娘都認不出來為止，揍斷她整口牙，說不定還會殺了她，竟敢害他老二跟衣服沾到她臭死人的尿，尤其是竟敢害他在那幫傢伙面前丟臉出醜。這些討人厭窩囊廢好幾年後仍舊拿這件事來笑布蘭多，笑到漏尿，布蘭多全部忍了下來，因為他知道要是表現得很在意，他們只會笑得更狠。說不定就是出於這個原因，說不定就是為了轉移他們的注意力，把這個事件從每個人腦海中抹去，也因為他打手槍打了這麼多年，對自己的手早就膩了，所以布蘭多找了個叫勒提夏的情人。勒提夏有著黑皮膚、大屁股，年紀比他大起碼十歲，每次在羅克先生的店裡跟他巧遇，都要撩撥他一番。她老公是個石油工，每天開車往返帕羅格丘工作，意思就是她整天自己一個人，既寂寞又無聊得要死，至少她去買菸的時候逢人就這麼說。布蘭多從沒在店裡跟她講過話，也不理會她拋來的媚眼，通常是由於他忙著打羅克先生擺在店外人行道的遊戲街機，把鄰居小屁孩殺得落花流水。他從來沒跟勒提夏講過話，不過他確實會毫不遮掩盯著她屁股猛瞧，她自己也曉得，每次經過都會扭腰擺臀，那個屁股彷彿就是專門為了被打、被咬、被處罰，才會誕生在這世上。有天她當著公園那幫混蛋的面，對布蘭多眨了下眼又做了些手勢，他迫不得已，只好跟著她回家去。你這個走狗屎運的臭崽子，那些人事後這麼說，他則告訴他們那個騷貨怎樣開門邀他進屋，然後一句話也沒說，直接撩起屁股上的裙子，讓他看她底下什麼也沒穿。他告訴他們，他就在那裡當場上了她，先是在走廊站著幹，然後在客廳抵著扶手椅幹，之後在樓上又幹了一次，她一面透過窗簾縫隙往窗戶外面看，以防老公偏偏選在那天提早回家。那個白痴母豬不肯在她跟老公睡覺的床上打炮，也不肯幫布蘭多口交，說她不喜歡，覺得精液的味道很噁。布蘭多暗忖：我也覺得妳鮑魚的味道很噁，但他什麼都沒說。插這個黑鬼讓他爽到極點，每次都是站著從後面上，要不然就是在客廳抵著扶手椅用狗爬式，呻吟之間她會要布蘭多扯她頭髮，抓她屁股，把她臀瓣掰得更開好插得更深，把肉棒插進她屁眼狠狠操她一發。唯一的問題在於布蘭多射不出來。但他當然沒跟那些朋友提起，勒提夏自己甚至沒注意到，要不然就是這破麻根本不在乎，只要布蘭多上門把她操到高潮她就高興了。她說布蘭多是她歷任情夫中最棒的，最肯給、最持久，布蘭多在她體內衝刺，讓她高潮好幾百回，自己卻越來越覺得疲憊、渾身是汗又乏味。起初進入她時帶來的快感逐漸變成嫌惡，勒提夏每高潮一次臭味就越重，飄進布蘭多鼻腔，令他反胃作嘔。就算閉上眼想像狗跟女孩也沒用，就算他想像那粉嫩的小女孩屄，想像那柔軟無害的小穴一定有著覆盆子蜂蜜的香味，但現實中勒提夏的臭鮑依然揮之不去，那股爛掉的魚腥味過一段時間總會讓他軟掉，他就會裝作自己射了，然後用閃電般的速度抽出來，躲進浴室鎖門，取下黏滑卻空蕩蕩的保險套沖進馬桶，接著洗手、洗屌、洗蛋蛋、洗身上每一寸跟勒提夏的臭屄接觸過的皮膚，有時候回到家還會再洗好幾次澡，因為他覺得那味道如影隨形地跟著他。但這些事情他一個字也沒告訴公園那些傢伙。他對公園那些人鉅細靡遺地描述，他從後面上勒提夏時，她那棕黑的屁股拍擊著他的腹部；他還常常描述從未發生的場景，比如勒提夏怎麼樣幫他咬，怎麼樣求他射在她臉上跟奶子上，這些場景的靈感都源於他看過的A片。他也沒告訴他們，他一直很想甩了勒提夏，再也不要回她家、再也不要跟她打炮，然而事實是他需要勒提夏——他生活中需要她顫抖的屁股，需要她的浪叫，需要她緊致卻髒臭的穴；他需要這一切，這樣他才有故事材料可講，才有辦法繼續用他的床戰經歷娛樂他朋友，省得他們又提起那個尿在他身上的賤貨來嘲弄他。因為他們就是不肯讓那件事過去，那些混蛋只要是會動的東西都肯幹，甚至願意跟那些死玻璃親熱，換點錢拿去買酒買毒品，也有時候純粹是為了快活，覺得操那些成群結隊來鎮上參加嘉年華的臭甲很爽。布蘭多起初覺得這檔事很變態、自甘下流，但他聽了那幫人無可反駁的論點之後，很快就習慣了。那次威利一面吸古柯鹼吸到下巴麻木，一面說：老兄，別跟我說你沒被同志吹過。波瑞加插嘴道：你不曉得自己錯過什麼好東西，兄弟，他們會讓你欲仙欲死，然後還付你錢感謝你讓他們爽，完事之後又請你喝酒，愛喝多少就喝多少。穆譚特說：就把眼睛閉起來啊，隨便想個婊子，好好享受完就行了。他們竊笑著問：你真的從來沒幹過基佬啊？沒上過又緊又可愛的小娘娘腔嗎？他們跪下來幫你舔蛋蛋的時候，還會像小貓咪一樣呼嚕喔。那些傢伙總是有辦法反過來拿布蘭多當笑柄，就連他試著挖苦他們，說他們到處宣揚自己賣屁股這樣很像死同性戀，到頭來他這些朋友總會讓他自覺像個沒經驗的可憐蠢蛋。或是更糟的：雞巴被某個臭破麻尿過的蠢蛋！老天爺喔！不過布蘭多也曉得，跟同志打炮並不總是那麼美妙，跟威利他們（甚至還有小路易斯，誰想得到！）廝混的零號多半都是有啤酒肚的老同志，會在禮拜四到禮拜六前來鎮上的小酒館，吃點新鮮的肉，尋覓新鮮的屌。都是些瘋瘋癲癲的變態娘娘腔，就像女巫那種的，操，就像拉馬托沙那個人妖，她一輩子躲在甘蔗田中央那棟嚇人的房子，讓布蘭多寒毛直豎，感覺超有病，不是因為她會跟人亂搞，而是因為一些他小時候聽過的傳聞，如果他在街上玩，媽媽一直叫他進屋他卻不聽，她就會說你要是不馬上進來，女巫會過來把你帶走。有天出於湊巧——媽啊，怎麼有這種巧合！——沿著街道走來的偏偏就是那個人妖，就是那個被稱為女巫的怪胎，她偶爾會來鎮上，渾身黑衣，用面紗遮住臉。那天他媽媽指著女巫，對布蘭多說：看吧，女巫來抓你了！布蘭多抬起頭，只見那個猙獰鬼影站在他正前方，他一溜煙逃進屋裡、躲進床下，過了好久才敢再到街上玩，他對女巫的畏懼就是如此強烈。隨著時間過去，他漸漸淡忘這份恐懼，可是每次他跟著朋友去那個死玻璃家裡參加派對，恐懼又會浮現。狂歡的錢都是女巫出的：啤酒、其他酒，偶爾連毒品也有，想方設法吸引別人去她家開趴。她甚少離開那棟房子，那座大得要死的宅子座落在拉馬托沙的甘蔗田中央，就在廠區後面，醜得要命又怪到極點。布蘭多覺得很像一隻烏龜被胡亂掩埋後露出的巨殼，整棟房屋陰森灰暗，要從一個小門進去，首先會到髒亂的廚房，順著走廊來到堆滿各種廢物跟一袋袋垃圾的客廳，那裡有樓梯可以上二樓，但從來沒人上去過，因為那個臭甲看到你上去就會發飆，樓梯往下則是類似地下室的地方，女巫就在那裡開她惡名昭彰的派對。

地下室有扶手椅、喇叭，甚至有迪斯可球燈，就像馬塔柯奎特的DJ會在銳舞派對上搬出來的那種。她的派對真的很瘋，進來之後她會帶你到地下室，接著這個死娘炮會消失一陣子，再戴著五顏六色的閃亮假髮、身穿奇裝異服現身，等大家都嗨翻了，等大家都醉得一塌糊塗，嗑藥嗑到暈乎乎的——女巫會在園子裡種大麻，還有雨季時在牛糞之下茁壯的蘑菇，被那怪胎摘下來摻在糖漿裡頭，讓客人嗨到升天，腦袋迷迷糊糊，走路隨隨便便都會跌倒，眼睛變得像日本動漫角色，嘴巴因為各種幻覺而大張，比如說看到牆壁往內縮，別人的臉上突然布滿刺青，女巫長出角跟翅膀、皮膚變紅、雙眼變黃……這時喇叭會大聲播起音樂，那個死基佬會走上房間後方以迪斯可鏡燈照耀的簡陋舞臺，開口唱起歌來，更精確地說是用她那個爛嗓子吟哦，但她的高音從沒準過。她唱的歌都是布蘭多很熟的，他媽媽會一邊做家事，一邊聽在地芭樂歌電臺播同樣的曲子，用悲傷的旋律唱著 y la verdad es que estoy loca ya por ti, que tengo miedo de perderte alguna vez（註12），要不然就是 seré tu amante

---

註12 本段歌詞大意為：「其實我已為你瘋狂，生怕總有一天失去你。」

o lo que tenga que ser, seré lo que me pidas tú（註13），或者是 detrás de mi ventana, se me va la vida, contigo pero sola（註14）：女巫會手持麥克風，打開雙臂，用迷茫的目光凝視遠方，活像那個臭婊子果真站在什麼真正的大場館舞臺上，被歌迷簇擁圍繞，接著她會露出微笑，有時看起來還像是在哭。布蘭多一點也不明白為何他那些朋友會呆站在原地，痴痴注視著她，搞不好只是嚇傻了吧，但竟然連其他自願跑來的陌生人也一樣，他們大多是當地的農人，不過偶爾也有不知從哪裡冒出來的魯蛇甲甲，居然沒一個人敢噓她、對她起鬨，沒人敢對她喊妳他媽閉嘴妳唱得爛爆了。其實布蘭多壓根不喜歡去那個垃圾場似的房子，因為每次他嗑古柯

註13 本段歌詞大意為：「我要當你的情人，不管你要我當什麼都願意，只要你開口我都願意。」

註14 本段歌詞大意為：「窗戶之外，我的人生虛度，與你一起卻無比孤單。」

鹼嗑嗨了，他最不想做的就是關在照不到陽光的龜殼裡，聽他媽媽常聽的該死爛歌，他會焦慮爆表，開始覺得那裡每個人都串通好灌醉他，要占他便宜，等他一閉上眼或打瞌睡就會強上他，因為很多廢物吃了女巫當成糖果分發的藥丸之後就遇到這種事，吃了就變智障，變成一群腦死的白痴，連眼睛也睜不開，只會咯咯笑個不停。有天晚上女巫對布蘭多糾纏不休，他只好假裝吃一顆，確切來說他是把藥丸放進嘴裡，隨即吐出來丟在椅子邊緣，坐在那裡旁觀所有人越來越飄飄然樂呵呵，一個個從座位滑到地上，嗨到連幫那個老瘋子鼓掌都沒辦法，她自顧自在舞臺上擺動，迪斯可燈光下，她看起來就像醜死人的巨大發條人偶，像活過來的可怕人型模特兒。可是最勁爆的在後頭，那個死基佬哼芭樂歌哼累以後，接著上臺的居然是操他媽的小路易斯，用不著誰說什麼，用不著誰叫他唱，那小子接過麥克風，開口便唱起來，彷彿等了一整晚就為了等這個機會，雙眼幾乎沒打開，嗓音由於喝了茴香酒、抽了菸而沙啞，但即便是這樣，老天爺，操他媽的小路易斯，誰能猜到這傢伙唱得這麼好？這個骨瘦如柴、尖嘴猴腮的小矮子，明明嗑藥嗑得正茫，怎麼可能有這麼動聽的嗓子？如此充滿感情，純粹得如此美妙，卻又充滿男子氣概？在此之前，布蘭多壓根不曉得他之所以綽號叫小路易斯，就是因為他的歌喉頗有名歌手路易斯・馬吉爾（註15）的風範——他本來以為那是種反諷，畢竟小路易斯有一頭像被陽光晒焦的捲髮，牙齒歪七扭八，身材瘦弱，完全不像那個帥哥明星。No sé tú（註16），那小子唱道：pero yo

註15 路易斯・馬吉爾（Luis Miguel）是一九八〇年代起走紅的墨西哥裔歌手，拉丁樂壇巨星，曾獲多項大獎。

註16 本段歌詞大意為：「我不知道你怎麼樣／但我腦海裡縈繞不去／一分一秒都忘不了／你的吻，你的擁抱，我們從前共度的美好時光。」

no dejo de pensar，歌聲澄澈如水晶，ni un minuto me logro despojar，像吉他弦一般微顫，de tus besos, tus abrazos, de lo bien que la pasamos la otra vez……布蘭多情感滿溢，不禁哽咽，渾身泛起雞皮疙瘩，有那麼一瞬間，他胃裡抽筋似地一絞，忍不住疑心也許自己沒把藥丸整顆吐掉，搞不好這一切只是場幻覺，是個奇異的夢魘，是個惡夢之旅，都是因為灌了太多茴香酒、呼了太多大麻，又跟那個嚇人瘋婆子關在這棟可怕的房子裡太久。他從沒跟別人說小路易斯的歌聲如此打動他，而且他寧死也不想承認，他之所以一直參加女巫的派對，其實是為了聽小路易斯唱歌。因為就算他在那邊鬼混了這麼多年，他每次被迫跟那個人妖講話時，後頸上照樣寒毛直豎，想著這人好醜、好怪，笨拙瘦長的手腳動起來好詭異、好僵硬，像個突然獲得生命的發條人偶，要是可以，布蘭多絕對不會跟她交談，他去那棟大宅純粹是因為其他人會去，不過說老實話，他是讓女巫替他吹過一次，就在地下室的扶手椅上，小路易斯正在唱歌，他答應是為了叫那婊子閉嘴，要是不讓她含，這個小題大作的賤貨絕對會把他轟出派對，布蘭多可不想三更半夜獨自穿過甘蔗田回去鎮上，所以就在那時候，no sé tú（註17），他掏出老二，pero yo quisiera repetir，讓那個臭玻璃幫他吹，el cansancio que me hiciste sentir，然後閉上眼聽小路易斯的歌，con la noche que me diste，不過他一次也沒碰女巫，y el momento que con besos construiste，照著波瑞加跟穆譚特常常說的，在舌頭纏住他的肉棒時閉上雙眼，想像另一個人，而且始終沒讓那個死基佬碰他的臉或吻他。死同志對你有好感是一回事，偶爾請你喝杯飲料、喝杯啤酒就算了，或甚至給你來個一炮，插他們的菊花或嘴巴之

註17　本段歌詞大意為：「我不知道你怎麼樣／但我很想重溫／你讓我感受到的筋疲力竭／在你帶給我的那一夜／以及你用吻創造的時刻。」

類的，只有那麼一下子的話倒也沒什麼；但是要像小路易斯那麼下流野蠻就完全是另一回事，他跟女巫會親得難分難捨，雙手在彼此身上四處亂摸。布蘭多說不清他到底為何一看到他們這對就噁心，穆譚特也幹過那個老怪胎，但就連那次的噁爛活春宮都沒讓布蘭多這麼想吐。可能是由於在他內心深處，親個基佬是很讓人作嘔的事，大大損傷男子氣概，小路易斯怎麼有種在人前跟女巫接吻，布蘭多一直以為他像箭一樣直，是男人中的男人，畢竟他明明只比布蘭多大上一、兩歲，卻愛怎麼做就怎麼做，從來不受其他人宰制，遑論像他這樣受一個歇斯底里、假道學的媽媽掌控，她每天都哭，每次看他喝得醉醺醺地回家都要呼天搶地。小路易斯愛拿什麼就拿什麼，想做什麼就做什麼，沒人會笑他在夜裡出去玩時有個賤人尿在他老二上什麼的。沒人會惹小路易斯，布蘭多對此嫉妒得要死，雖說他很快就發現不管小路易斯走到哪，屁股後面總會跟著一個人影，那時布蘭多剛開始跟朋友一起去高速公路上的酒吧，尋覓有沒有小娘炮或小同志能來一發；跟著小路易斯的那個人是他表姊阿蜥，個頭矮矮的，瘦得像骷髏，鼻子很大，常常大步衝進酒吧，當著所有人的面甩小路易斯一個巴掌，抓著他的髒頭髮把他拖出去。沒人曉得那個瘋婆子到底有什麼毛病，沒人曉得她為何那麼恨小路易斯，每次那幫傢伙說起他表姊，小路易斯只會惆悵地笑一下，但始終什麼也不說。據說阿蜥之所以監視他，是想要逮到他跟死同性戀廝混的證據，滿腦子想著要讓小路易斯的外婆把他逐出家門，不過小路易斯雖然看起來笨笨的，實際上卻不蠢，每次都有辦法躲過他的瘋癲表姊去跟他那些小炮友親熱，她從沒逮到他——直到那一夜，她跑去女巫的房子。那天晚上機緣湊巧，布蘭多出了屋子到後院去，廚房門邊有株茂盛的羅望子樹，他就在那樹下吸用香蕉葉捲的大麻菸。他會出去是因為地下室的氣氛太熱烈了，讓他神經緊繃，後來他再也受不了女巫對著麥克風哼哼唧唧，受不了那些爛芭樂歌哭哭啼啼的電子合成旋律，受不了刺眼的迪斯可燈光，所以去後院自己一個人透透氣，清靜地吸他的香蕉菸，瞪著迷濛的雙眼凝視夜空，身旁誰也不在，作伴的只有嗡嗡作響的昆蟲，以及呼嘯掃過田野的風，煩死人的風一直在吹，想把他正燃著火光的菸頭吹熄，菸捲裡的大麻混了古柯鹼，帶給他美妙又不至於過激的愉悅感。可能是因為嗑藥讓他眼睛變得比較銳利，也可能單純是他的雙眼習慣黑暗，總之，他把還在燃燒的菸蒂扔進底下不斷搖曳的蘆葦叢，然後過了一秒，布蘭多看見有個人影沿著泥土路走過來，那影子像根瘦竹竿，駝著背，彎著腰，順著滿是沙塵的路無聲前行，布蘭多瞇起雙眼，馬上認出對方：是小路易斯的表姊，大家都喊她阿蜥的那個。她沒發現布蘭多，或許是因為他被羅望子樹的枝椏給擋住，也或許是掛在門前的那顆燈令她目眩，一如那顆燈吸引了巨大的吉丁蟲在燈泡旁團團亂轉；但布蘭多剎那間湧上一股殘酷的衝動，所以沒出聲跟那女的搭話，等她靠得非常近，正要伸手開門時，他才盡可能裝出低沉、陰險的嗓音說：妳想去哪裡啊？那個蠢女人像受傷的鳥一樣慘叫，看起來魂不附體，布蘭多笑到肚皮都快破了，心想她鐵定嚇到剉賽。她臉上驚懼萬分，死盯著羅望子樹，直到布蘭多從枝葉後走出來，燈泡的光照亮他帶著輕蔑的臉龐，這時阿蜥似乎才認出他來，雖然從來沒人替他們相互介紹過。出於畏懼與憤怒，她壓低音量，啞聲說：白痴，你在想什麼？差點害我活活嚇死，小王八蛋。布蘭多忍不住又笑出聲，那婆娘不理他，兀自拉開廚房門，布蘭多趕過去擋住她，又一次問道：妳要去哪？她甩掉布蘭多按在她肩上的手，齜牙咧嘴地說：你覺得咧，小廢物？布蘭多沒翻臉，壓住內心冰冷的怒氣，只是對她僵硬地微笑，攤開掌心舉起雙手，說：好，妳說的都對，我算哪根蔥？要進去就進去，不要等一下尖叫著跑回來找我。她對布蘭多低吼一聲，走進屋內，但在她掩沒於廚房的暗影之前，她回過頭說了一句：你這個爛人。布蘭多沒跟進去，只是站在門口，雙手緊握著欄杆，倏地覺得頭暈目眩，心臟怦怦狂跳——是因為香蕉菸吧？還是因為他等不及要見識裡頭即將爆發的場面，想看看小路易斯的表姊走進地下室，發現裡頭正在搞些什麼，然後撲向表弟，一面尖叫一面痛毆他，就像她每次在小酒吧逮到他時會做的那樣。但那晚布蘭多空等了一場，屋裡只傳出女巫的吟唱：tu amante o lo que tenga que ser, seré（註18），在屋外的庭院，夜色越來越濃，lo que me pidas tú，總不停歇的南風吹得樹葉草叢窸窣婆娑，reina, esclava o mujer，掩不住蟾蜍與蟬對

註18　本段歌詞大意為：「情人也好，什麼都好，什麼我都願意／你要我當什麼我都願意／女王、奴隸或女人／只要讓我回去，回到你身邊。」

月亮唱著情歌，pero déjame volver, volver contigo……就在他幾乎要放棄等待時，門猛地摔開，阿蜥的身影從黑暗的廚房冒出，使勁推開他往泥土路奔去，並沒有像他先前警告的那樣尖叫，而是跑得又快又急，彷彿魔鬼在她身後追著。音樂聲一刻也沒有停止，布蘭多決定進去看看怎麼回事，還沒到走廊便遇上小路易斯，他光著上身，嘴巴恐慌地大張，說的第一句話是：不會吧，我好像看到我表姊。布蘭多一手按住小路易斯的右肩，試著安撫他：不可能，老兄，冷靜點，我一直在這，但我什麼也沒看到。小路易斯依舊迷惑不解：可是我在那裡看到她了，我看到她從門口探頭進來。布蘭多依舊掛著微笑：兄弟，你嗑太多了，是你的幻覺啦，我剛剛都在外面，就跟你說了，我誰也沒看到。小路易斯說：可是……可是……然後他沒再吭聲，說不出話來，神經過度緊繃，那天晚上他沒上臺唱歌，只是坐著喝酒喝到掛。過了好幾天，布蘭多才得知小路易斯搬出了他外婆家，跑去跟他媽一起住，但他跟他媽從來處不好，所以外人看起來反而像是他去跟女巫同居，因為小路易斯要嘛人在酒吧，要嘛在貴博鎮那間廢棄倉庫後面的鐵軌，不然就是整天窩在女巫的房子裡。不過老實說，鐵軌什麼的純粹是謠言，真是有夠扯的鬼話，畢竟手頭沒錢時跟基佬打炮換點古柯鹼來抽是一回事，可是跑去那個廢倉庫後面晃蕩是另一回事；一天當中無論什麼時間，都可以在那裡看到男人躲在草叢裡幹屁股，互相插來插去、互相吹簫，純粹是為了爽，坦白說真的很噁爛，因為大家都曉得在鐵軌那邊沒人會拿錢。其實布蘭多有天忽然湧現變態的好奇心，很想跟蹤小路易斯，看他是不是真的會去鐵軌免費尬炮，操那些馬塔柯奎特軍營來的新兵，或者像發情的母狗一樣給他們輪著上，但他怕在那附近晃會被當成同性戀，最後還是克制住自己，一切留待想像。有時候，那些同性戀會帶布蘭多去流星夜店的廁所，付他錢來吸他的屌，他會閉上眼睛，想像包裹住他老二、上下滑動的舌頭是小路易斯的，這時他的肉棒就硬得像鐵，於是那個同志會用氣音發出嘆息，更賣力替他吸，布蘭多便射了出來，腦裡想著小路易斯的眼睛，想著他每次見到那個工程師，臉上總會露出不知羞恥的表情，工程師是個在石油公司工作的娘炮，頭髮微禿，挺著啤酒肚，每週五下班都會來流星夜店跟小路易斯喝杯威士忌，看著他們一語不發地喝酒真的很詭異，很像老夫老妻，或是不需要用言語交流的老朋友。工程師一副標準的紳士模樣，穿著一絲不苟的長袖襯衫，毛髮濃密的手上戴著金手鍊，腰帶掛著最新型號的手機，小路易斯那小子看著他的眼神儼然是熱戀中的少女，只差在他頭髮亂到不行，雙腳還因為踩著拖鞋到處走而髒兮兮，然後你如果被什麼東西分了心，等你再轉頭回來一瞧，他們已經不見了，不用說也知道是去尬炮，要嘛是去工程師停在某個無人停車場的貨卡，要嘛是得再開一段高速公路的天堂汽車旅館。只有那麼一次，布蘭多真的撞見他們接吻，是在流星夜店外面庭院的一角，地下戀人似地躲在黑暗中喇舌，雙脣交纏，兩眼緊閉，工程師的手貪得無饜地揉捏著小路易斯瘦巴巴的屁股，就像你遇到讓你慾火焚身的女人，會用力搓揉她豐滿的臀部。布蘭多跑回夜店跟他們說剛剛看見的場景，大夥齊聲嚷道：哇操！小路易斯當工程師的小狗勾！小路易斯是操他媽的死同志，誰會想到！哇操！波瑞加爆笑著說：看我們誰先幹到他，然後大家互碰酒瓶，開始亂猜誰會搶到第一個，猜他的屁眼會多緊或多鬆，猜他含的技巧好不好，布蘭多默默想像起那會是什麼樣子，想得內心湧上一陣焦躁。由於那晚沒有基佬來搭訕，他只好先離開，倒也不期望小路易斯跟那個老妖精還留在外面親熱，之後他用口水沾溼手掌自己來了一發，一面發出滿懷罪惡感的喘息，一面想像操小路易斯會是什麼情景，要從後面上他，手裡一邊慢慢地套弄他，這樣他才會跟布蘭多同時射出來，讓他跪趴在地上射，恰如其分地像條狗，是個又瘦又骯髒的小賤貨，每次那個娘娘腔工程師一來就搖尾乞憐的賤狗。連女巫都察覺小路易斯為那個老娘炮瘋狂，因為他整天沒完沒了地說工程師多酷，說工程師答應幫小路易斯在石油公司弄個位子，但根本是不切實際的白日夢，小路易斯只勉強讀完小學而已，除了幹人跟被幹之外什麼也不擅長，任何腦袋正常的人都不會僱他，連掃街道的工作也不會叫他做。後來不知道是誰跑去跟女巫告狀，那個怪胎突然變得超黏，每次小路易斯跟那幫朋友出去都要哀哀叫，想必是因為嫉妒得快發瘋了。有天晚上，那是嘉年華的幾天前，她就那樣叫小路易斯東西收一收滾出去，說他偷了她的錢，然後小路易斯說沒有，他沒偷，說他只是喝得亂七八糟，一定是有人趁機從他身上摸走的，要不然就是他弄掉了，他也不確定。接著他們當著所有人的面，開始像兩個瘋婆子一樣大吵，破口大罵，互相叫囂些積怨已深的尖酸言詞，再來女巫突如其來揮了小路易斯一拳，小路易斯撲向她，掐住她脖子，其他人趕上去把他們拉開，女巫躺在地上嚎啕大哭，像卡通人物一樣兩腿亂踢亂蹬，小路易斯則倉皇跑出宅子。布蘭多緊追在後，一路跑到莎拉胡安娜的店門前才追上小路易斯，設法讓他冷靜下來，還請他喝了一兩杯啤酒，用的就是從他身上偷的那筆錢，就是那個怪咖叫小路易斯拿去買幾克古柯鹼的兩千披索，給晚點來她家開派對的那群人嗑，因為他們需要一點好理由才肯來聽她唱芭樂歌，聽她的爛音樂，看她可悲又可笑的表演。凌晨三點，莎拉胡安娜開始收店，小路易斯抱怨女巫跟她的一堆鳥事抱怨到喉嚨沙啞，於是他們離開酒吧，走了半哩左右去小路易斯家裡，去這個窩囊廢稱之為家的豬窩，一起倒在床墊上，小路易斯睡著了，布蘭多臉朝上躺著，傾聽他的呼吸，隔著衣服撫摩自己的老二，那股操他媽的衝動——那股想占有小路易斯的衝動越來越強烈，他逼不得已褪下褲子，跪在小路易斯的臉旁，把肉棒頂端塞進朋友微張的嘴裡，不料那個基佬忽然張開豐滿的唇瓣，讓布蘭多進去，整根深深地直插到底，他感到小路易斯的舌頭舔過包皮繫帶，立刻射了出來，猛烈地、一抽一抽地射，激烈得甚至有點疼。那是他當晚記得的最後一件事，是他想記住的最後一件事，他鐵定是一射出來就昏了過去，在小路易斯嘴裡的頭一次高潮太過刺激，導致他失去意識，所以隔天早上醒來他才會大吃一驚：他的頭奇痛無比，褲子褪到腳踝上，右手撫著小路易斯的一頭亂髮，小路易斯的頭則枕在他肩膀上。他第一個反應是從朋友身旁退開，小路易斯的頭就這麼跌在床墊上，但他沒有醒。他做的第二件事是拉起褲子，搬開那塊充當房門的木板，往外跑向泥土路，到高速公路搭頭一班開往鎮上的公車，祈禱沒人看見他從小路易斯的小屋出來，尤其是穆拉，那個大嘴巴穆拉。回到家他洗了個澡，沖掉陰毛上殘留的精液，渾身赤裸地躺在床上，這時他才恍悟自己犯了個大錯：他不該像個膽小鬼一樣逃回家，反而應該趁著小路易斯熟睡時毫無防備，跨坐在他身上，徒手將他勒死，或者用皮帶勒死更好，什麼都行，這樣一來他就不用因為怕和那群朋友見面，結果整個嘉年華期間都跟他老媽關在家裡，雖然她樂得很；那些朋友聽了他跟小路易斯之間發生什麼事，絕對會當著整個鎮公開閹掉他，會叫他臭甲、死基佬、幹他媽臭妖精。他一直等到大齋首日才敢在公園露臉，胃裡翻攪，雙手插在口袋裡頭，穿著全新的愛迪達球鞋，沒想到大家什麼也不曉得，他大大鬆了一口氣，小路易斯沒跟任何人說，說不定是因為他那晚醉到神智不清，根本不記得那天他們之間發生了什麼，不記得他們在那張髒破的床墊上幹了什麼，起碼布蘭多是這麼以為。直到兩週以後的三月初，高速公路新開了一間赤蠵龜夜店，他在那裡碰見小路易斯那個出了名的工程師，雖然他跟那傢伙從沒交談過，工程師卻認得布蘭多，甚至叫得出他的名字，堅持要買瓶蘇格蘭威士忌請他一起喝，喝到一半，那個老同志要他去搞點古柯鹼來，於是他們一起上了工程師的貨卡，布蘭多替他指路到拉贊加去，還很好心地自己下車跟巴布羅兄弟買了幾克，然後兩人開車找個空停車場來吸，布蘭多一如往常是跟大麻菸一起抽。抽完之後，那個做作的死玻璃一聲嘆息，轉過頭，臉上帶著撩撥的笑意，問布蘭多介不介意脫掉褲子，他想舔布蘭多屁股。布蘭多坐在那裡，一時之間沒答腔，以為自己聽錯了，以為工程師叫他脫褲子是想舔他蛋蛋，正伸出手要解皮帶，他忽然醒悟工程師剛才說了什麼，工程師想要的是什麼。布蘭多怒不可遏，對他說去吃大便，舔你阿嬤的屁眼啦，他才不搞基，結果工程師爆笑出聲，笑得喘不過氣來，開口講了些讓他摸不著頭腦的話：是喔？小鬼，你怎麼知道你不喜歡被舔屁眼？布蘭多這下更火大，又一次叫他去吃大便，但工程師就是不死心，沒完沒了地說什麼布蘭多應該試試看，他會喜歡的，來嘛，少來這套欲擒故縱，說得好像布蘭多是那種該死的騷包同性戀，別人哄一下就會抬屁股、脫褲子，趴跪在地，讓工程師舔他菊花，之後八成會插進來，反正布蘭多都在他面前等著被幹了。來嘛，我不會讓你後悔的，那個滿臉皺紋的胖同性戀這麼說，還舔了舔小鬍子下的嘴唇，一看到他淺粉色的舌頭，布蘭多不禁暴怒：去死啦，你他媽這個噁爛甲，說完打開副駕駛座的車門就要下車，工程師只是笑了一聲，說：少裝作不曉得你來這裡是要幹麼，不要這麼混蛋，小路易斯已經跟我說了，別人舔你的小龜頭會讓你爽到受不了……布蘭多當時已經一腳踩在地面上，但他沒有繼續下車，反而回頭爬上座位，靠近工程師一拳就往他臉上灌，布蘭多感覺到他的髮際線之處喀啦碎裂，連他的眼鏡帶鼻子一併揍了個稀爛，噴了一堆香水的老玻璃開口哀叫，但他沒打算留下來查看傷勢，跳出貨卡，狂奔著橫越高速公路，衝進田野，在草地上不停地跑，跑到喘不過氣才停下。他的額頭也流了點血，不過等他抵達鎮上時血已經止住，傷口小到沒人注意，連他媽媽都沒問那是怎麼回事。操他媽舔屁眼的死基佬，操他媽小路易斯那個爛雞巴打小報告的，他的口風幹麼不緊一點？他幹麼要跟那個白痴工程師講？那天早上布蘭多在床墊上醒來，幹麼不乾脆把身旁的小路易斯殺掉算了？他當初就該把小路易斯給殺了，帶著偷來的錢逃跑，先不管那筆錢到底夠不夠花。最近他滿腦子都只想著這兩件事，殺人跟逃跑。學校無聊到爆，根本浪費時間；他對嗑藥喝酒都膩得要命，那些東西甚至沒辦法讓他嗨了；朋友全是一群可悲的爛貨，他媽則是個該死的呆瓜，到現在還以為她男人總有一天會回來，操他媽大白痴，假裝不曉得布蘭多他爸在帕羅格丘有另一個家庭，每個月寄錢來只是出於罪惡感罷了，把他們母子當作不要的東西那樣丟掉，活像我們是堆垃圾，拜託妳醒醒，老媽，妳整天在那邊祈禱有什麼意義，妳根本沒辦法認清現實，那妳祈禱有屁用，別人都看得比妳清楚，妳這個痴呆蠢婆娘！但她只會關進房間念誦她的禱詞，幾乎是用喊的，好蓋過布蘭多一面狂敲她房門一面怒罵的聲音，他又踢又踹，樂得把她的破爛馬克杯給砸碎，看那個腦袋有問題的女人會不會聽進去，看她會不會乾脆死掉，滾去他媽的應許之地再也不要回來，再也不要拿什麼禱告跟布道、哀求跟哭訴來煩他，說什麼：主啊，我是犯了什麼錯才會有這種小孩？我本來的心肝寶貝去哪了，我貼心可愛的小布蘭多去哪了？主啊，祢怎麼忍心讓魔鬼進到他身上？他會吼回去：魔鬼不存在，妳的爛天主也不存在！然後他媽媽會發出悲痛的哭嚎，緊接著念誦更多禱告，祈禱得更賣力、更熱切，好補償她兒子褻瀆天主的言論，然後布蘭多大步衝進浴室，站在鏡子前盯著自己的倒影，直到他的黑色瞳仁和一樣黑的虹膜彷彿無限擴張，蔓延整個鏡面，以冷峻的黑暗掩蓋一切，在那黑暗中是純粹的荒蕪死寂，甚至沒有熾亮的地獄烈火帶來撫慰，不管什麼東西或什麼人，都救不了他脫離這片虛無——不管是在高速公路旁的夜店接近他、向他張嘴的基佬，抑或是他趁夜偷跑出去找野狗交合的小冒險，什麼都救不了他，就連他和小路易斯幹過那一次的回憶也不行。No se tú, pero yo te he comenzado a extrañar（註19），莎拉胡安娜店裡的廣播如此唱道：en mi almohada no te dejo de pensar……但小路易斯已經不唱這些歌了，甚至不會像以前那樣，聽到最喜歡的歌開始播就心不在焉跟著哼，con las

---

註19　本段歌詞大意為：「我不知道你怎麼樣，但我已開始想念你／想著你在我枕上／我在人群中，在朋友身邊／在街道上，卻沒人看見。」

gentes, mis amigos，他對誰都不講話，嗑藥丸嗑到魂都飛了，en las calles, sin testigos，因為工程師再也不接他的電話，再也沒來過高速公路上的夜店，有傳聞說那個王八蛋被調職去另一個據點了，理由是甘蔗田這一帶的暴力跟貪腐現象日益嚴重，布蘭多沒把他跟工程師之間的事告訴小路易斯，沒跟他提起那個老娘炮主動說要舔布蘭多屁股，也沒罵他洩漏他們做過的事，畢竟這麼一來等於承認那天晚上的一切都真實發生過，可是布蘭多還沒準備好要承認，但他同樣沒準備好的是，小路易斯為工程師傷心難過了整整三天，在夜店廁所跟高速公路邊嗑到翻過去，誰知道有天晚上，那個該死的白痴跑來莎拉胡安娜的店，喜笑顏開地向大家宣布……他有老婆了！操，不要唬爛！真的假的？有老婆了，意思就是結婚了？那個笨蛋說：啊哈，她叫諾瑪，從河谷市來的。不會吧！是他那天在公園搭訕的矮冬瓜？那天一堆男的都在覬覦那個小鬼，結果小路易斯捷足先登，帶她回拉馬托沙的家，結果現在那女的就成了他馬子，不對，是他老婆……你們幾個死玻璃，你們聽聽！諾瑪要生小孩了，小路易斯再過幾個月就要當爸爸了！哇操！真的假的啦！恭喜欸！一幫人大聲歡呼，大家痛飲了一場慶祝他結婚，小路易斯高興得快升天了，鎮上的基佬紛紛搶著要幫這位新郎吹，小路易斯也徹底振作起精神來，說他再也不嗑藥丸了，眼裡燃起好久沒出現的光輝。布蘭多怒火中燒，想著他跟小路易斯做過的那件事，想著那個再也無法重來的夜，那段回憶毫不留情折磨著他，讓他只想把自己的腦給挖出來，他止不住地疑心還會有誰知道他們的祕密，小路易斯還告訴過誰。也說不定，會不會那個工程師其實什麼都不知道，只是說那些話來刺激他，看他會有什麼反應……？畢竟除了他以外從來沒人提起，沒人拿小路易斯的事來惹他，甚至從未語帶暗示，連小路易斯自己也一副沒什麼不對勁的樣子，彷彿那一夜全是布蘭多憑空想像的，彷彿他們從未觸碰彼此，從未親吻，沒打過炮，他用極其尋常的方式對待布蘭多，跟以往沒什麼兩樣：看到布蘭多過來公園時，他會挑起雙眉當作打招呼，跟他互碰拳頭，像平常一樣；晚上出去時，在流星夜店的庭院，他會把大麻菸遞給布蘭多吸幾口，布蘭多會一語不發地接過，看也不看他，當然也沒有碰他，好像什麼都沒發生過，好像一切都是布蘭多妄想的，不過那當然不可能，他又不是他媽的死臭甲，對吧？他才不會亂想像這種基佬幹的下流事……可是，每次他出去跟那幫傢伙喝酒，每次他們去跟鎮上的同志親熱，為什麼他總得逼自己把目光從小路易斯身上挪開？為什麼他老是覺得，小路易斯只是在等待最佳時機，時機一到就要把那晚的事告訴所有人？為什麼布蘭多越來越執著於要在那之前殺了他？他只需要搞到一把槍，這事不難，然後就能幹掉他，這也不是什麼問題，接著再棄屍，大概就丟進水圳裡吧，在那之後他得逃出鎮上，去沒人找得到的地方，哪裡都好，尤其是他那個賤貨老媽找不到的地方，出發前搞不好也得把她給殺了，或許趁她睡覺時開槍射她，不著痕跡地迅速動手，送她上她該死的寶貝天國，讓她從悲慘的人生解脫。說老實話，他媽活在世上一點用處也沒有，不工作、不賺錢，整天要不是去教堂，就是黏在電視機前看肥皂劇，或是讀名人花邊雜誌，她對這世界唯一的貢獻就是每次呼吸都會吐出二氧化碳。簡直一無是處的人生，毫無價值，殺了她對她也是好事，一樁善行。不過在那之前他需要現金，夠他去另一個城市找地方住，讓他有辦法溫飽，直到他找個工作，過上自由的新生活。他爸的生活想必就是那麼自由，那時公司把他爸調去帕羅格丘，他一定想著終於能甩掉他們了，甩掉布蘭多那個假道學又性冷感的老媽，還有他這只會傻傻聽老媽指揮的笨小孩——這小毛頭每個禮拜天都會幫卡斯托神父的忙，在彌撒上擔任輔祭，還相信手淫是有罪的，一旦嘗試就會下地獄。去死吧，這個破爛小鎮的每個人都去死，他如此暗忖，一面舔著麻木的嘴脣，老天，大麻菸上沾的古柯鹼真是有夠爽，飄飄然充盈他的肺，菸頭每次亮起火光便是一陣暢快，幹他媽的老天爺，布蘭多拗了拗指關節，問小路易斯：操，這個是好貨，你確定不來一點？小路易斯只是露出歪歪扭扭的大牙齒笑，說不用了，他戒了，藥丸也是，從現在起他有啤酒跟大麻就行。威利滔滔說著他去坎昆闖蕩過一回，說他十七歲時離家去半島當服務生，度過多快活的時光，布蘭多想問他在那裡展開新生活需要多少錢，但他擔心其他人會看出他是真的感興趣，怕他們猜到他正在計畫什麼。他暗自盤算：三萬應該夠吧，三萬披索應該夠他去坎昆租個房子，開始找份工作，什麼工作都好——服務生，餐廳雜工，不然去洗碗也行，找到什麼就做什麼，總之先站穩腳跟，然後他可以學點英文，看能不能去旅館工作，那種地方一定不缺想打一炮的外國基佬，但他不會長住，他會不斷換地方，然後在那片近乎綠色的青藍海洋旁喝酒、尬炮、嗑到分不清東南西北。你覺得怎麼樣？在流星夜店後院抽大麻菸時，他這麼問小路易斯。倏然間，他不知哪來的靈感，想到要從哪裡弄來那筆錢，弄來那三萬披索：跟女巫要。就去她家叫她借我們錢，可以的話乾脆用偷的；你也聽過那些傳聞啊，小路易斯，大家都說她那邊藏了金子，藏了值一大筆錢的金幣，他們說有次女巫叫人搬家具，那人在底下找到一枚硬幣，後來跑去銀行賣，結果銀行說值五千！就那一枚生鏽的爛硬幣耶！那個娘炮甚至不曉得有一枚硬幣被丟在那裡，根本不曉得那枚硬幣滾到桌子底下。布蘭多確信宅子裡面絕對有一堆寶箱或布袋，通通裝滿了這樣的硬幣，不然那女巫靠什麼過日子？她又不工作，那些工廠的混蛋又搶了她所有的地，她到底哪來的錢，能讓那些跑去她家的男生全喝得醉醺醺、嗑到嗨翻天，腦袋糊成一團地聽她唱那些爛歌，有時候還在扶手椅上面幹她？你想想看，小路易斯，就算我們沒找到現金，房子裡也還有很多值錢的東西，比如地下室的喇叭跟控臺、超大螢幕、投影機，那些都能賣不少錢，我們兩個一起的話，輕輕鬆鬆就能搬到穆拉車上，穆拉也不會介意載我們去女巫的房子，只要我們答應付錢就好了。你想想看，她在樓上那個房間一定藏了什麼東西，不然為什麼每次有人上樓，每次有人問她樓上有什麼，她都要崩潰發飆？她在藏什麼？布蘭多壓根想不通。幹這票會值嗎？布蘭多一點頭緒也沒有，但他可以確定的是，絕對不能留下任何證人，不過他沒把這點告訴小路易斯，免得他在時機成熟前動了什麼不該動的念頭。殺了那個怪咖，把智障穆拉留在現場，然後他跟小路易斯逃掉，雖然布蘭多遲早也得把這個朋友幹掉，但等他們遠走高飛再動手不遲，等他們遠離這個鎮，遠離所知的一切，到時布蘭多再讓小路易斯付出代價，償還他自始至終讓布蘭多嘗到的恥辱和痛苦，尤其是布蘭多竟然得眼睜睜看著小路易斯跟那個小流浪兒在一起，小路易斯還敢說那女的是他老婆，明明只是個流鼻涕的廢物，五官看起來像原住民，身材纖瘦，肚子卻不小，從來不開口說話，每次有人跟她講話就臉紅，笨到看不出小路易斯在扯謊騙她，那小子編了些他在鎮上當保全的謊話，這樣就能一如往常繼續跟那些矮胖娘炮亂搞——司機啦、工廠工人啦，還有所謂的工程師，那些人勉勉強強念了個中學畢業，如今穿了件石油公司的制服，會喝點布坎南威士忌，就自以為是個大人物，到處耀武揚威。有天布蘭多在公園裡遇到落單的小路易斯，對他說：我們去把那筆錢搞來，我們去女巫家，把那個鬼地方洗劫一空，然後永遠離開這裡，就你跟我；但小路易斯搖頭，說他不想見到女巫，當初她不相信他沒偷錢，這件事他還沒原諒她——她罵我小偷、罵我白吃白喝，要是她以為我會爬回去求她，那她去死好了。可是布蘭多天天搬出那套話勸他，因為他非得離開這個鎮不可，而他很清楚，如果要女巫開門，唯一的方法就是帶著小路易斯一起去，大家都曉得那個瘋婆娘還在為小路易斯傷心落淚，老是問起他的事，苦苦思念著他，說什麼要是小路易斯道歉就原諒他，說不定他們用不著把她殺掉，她就會答應借錢給小路易斯了。偏偏小路易斯一直拒絕，一直說他不想見女巫，再說誰腦袋壞掉想離開拉馬托沙？還是留下來的好，遲早會有辦法的，不用急成這樣，何況諾瑪現在懷孕，在路上難保出什麼事，他不想冒險。布蘭多點頭表示理解，說：當然，兄弟，你說得沒錯，實際上內心暗想：你這個狗娘養的王八蛋，我恨透你了，你這個孬種，我他媽恨死你。他會暗暗下定決心再也不跟小路易斯提起這件事，但隔天一見到他，那些話又會從嘴裡迸出來：走嘛，小路易斯，我們做就對了，一起離開這個鬼地方。因為他滿腦子只剩這件事可想，無論白天黑夜，他想像著他倆要怎麼一起殺了女巫，怎麼一起帶著財寶逃走，怎麼一起在不惹人疑心的情況下把金幣換成現金，然後他們終於能接續那一夜在小路易斯床上起的頭，接著布蘭多又要怎麼趁那混蛋熟睡時幹掉他。復活節假期宣告結束，布蘭多根本懶得回學校，他看不出繼續念書有什麼意義，何況也沒辦法專心。他媽媽不敢跟他提這件事，其實她似乎很高興布蘭多留在家陪她，現在她甚至不在乎布蘭多夜夜出門喝酒到天亮，只要他留在家陪她一起看九點的節目就好，在那之後不管他幹什麼，她已經不在乎了；她會替他祈禱，祈禱，然後把一切交給天主、耶穌與聖母瑪利亞，無論發生什麼都是主的安排。布蘭多越來越討厭她，越來越討厭九點檔，討厭喜劇裡的角色發出白痴笑聲、討厭讓人發膩的廣告歌、討厭頭頂全速運轉的電風扇發出的高頻噪音。他討厭這個鎮，也討厭賤貨勒提夏，討厭她在電話裡哀哀叫說布蘭多都不跟她做。那個黑女人一心想懷上布蘭多的小孩，說她老公簡直沒帶把，不管上了她幾次都沒辦法給她小孩，所以她要布蘭多去找她，射在她裡面，讓她懷孕。她說會把小孩當成老公的養大，叫布蘭多什麼都不用擔心，只要在她裡面射個痛快，給她一個小孩就好，她是這麼說的。什麼在她裡面射個痛快，蠢婊子！什麼給她一個小孩！她不如去死一死，布蘭多才不想把自己的一部分留在這個屎坑一樣的鬼鎮。不要，絕對不要，他不會讓她稱心如意，管她再怎麼懇求，管她承諾要出多少。他有別的管道可以弄到錢，然後他就要出發去坎昆當服務生，隨心所欲過日子，永遠不在同一個地方長住，這樣他就不會無聊，也不會被抓到。走嘛，小路易斯，拜託啦，布蘭多會趁著沒人在旁邊聽時這麼說，因為他不想留下證人。這禮拜一就動手，禮拜二動手，下禮拜動手，只要付錢給穆拉，他就會載我們去了，我們過去敲門，你說服她開門，一進去就拿錢，必要的話動粗也無所謂，誰管她，然後我們用最快速度衝出來，不要帶行李箱，不要拿太引人注目的東西，這件事我們把口風守緊，只有你知我知，走嘛，小路易斯；但他會回答：可是我們要帶諾瑪一起走才行，布蘭多搖搖頭，心想：講得好像你在乎那女的一樣，你這個死基佬，但表面上他控制住脾氣，笑著說：對啊，當然，總不能丟下你老婆是吧？「老婆」這個字眼在嘴裡留下酸苦的味道。小路易斯被動的態度真的讓他開始煩躁起來，布蘭多一度覺得小路易斯是不是嗅到什麼不對勁，猜到他打算獨吞所有的錢，等逃得夠遠之後就把小路易斯給殺掉，有那麼幾天，布蘭多認真考慮要自己一個人兩手空空地走，直到那個禮拜五下午，小路易斯跑來布蘭多家裡，完全不是他平常會做的事。他看起來很慘，為了諾瑪兩天沒睡（聽到這裡，布蘭多狠狠咬緊牙關，幾乎沒聽清楚小路易斯接著說了什麼），因為他老婆病得很重，送去醫院了，全部都是女巫害的，女巫對那個可憐女孩做了些什麼，所以小路易斯改變了主意，現在他想去女巫家裡執行那個計畫，今天就去，現在馬上，呆瓜，打鐵要趁熱啊，布蘭多，就今天！他嗑藥丸嗑得稀里糊塗，站都站不穩，布蘭多正想叫他回家，正想敲醒小路易斯，叫他聽聽自己在說什麼鬼話，但他轉念一想，也許這就是他一直等待的機會。什麼時候動手、小路易斯為了什麼動手，有什麼要緊？他又沒有多少損失，搞不好再也沒有同樣的機會了，於是他說好，就動手吧，但要先去喝個幾杯，做點心理準備，壯個膽，然後他回房間換上一件黑色T恤（他思慮謹慎地心想這樣比較好掩飾血跡），外面再套上那件曼聯上衣，接著拿了他所有的錢，沒跟他媽說一聲便離開家門，抓住小路易斯的手臂免得他跑掉，領著他來到羅克先生的店，買了兩瓶茴香酒，用一瓶柳橙口味的飲料來套，甜膩的液體中摻著色素與酒精，四個人分著喝，因為他們去公園的路上遇到了威利，之後穆拉也開著車過來了。布蘭多其實不太相信小路易斯是認真的，總覺得他隨時會打消念頭，要不就是突然在穆拉跟威利面前講大話、說溜嘴，那整個計畫就毀了，所以他很驚訝小路易斯儘管嗑成那副德行，竟然還曉得要等威利徹底醉癱，在公園長椅上睡得不省人事，才開口問穆拉能不能幫個忙載他們去拉馬托沙。說不定他沒有布蘭多以為的那麼嗨，也說不定他是認真要幹這票。穆拉那個王八蛋說只要他們付錢，要他載去哪裡都行，拉馬托沙的話起碼要一百他才載，布蘭多說先付五十，另外五十等開過去再付，我身上只有這些錢，剩下晚點再給你，我們一起去，看我們到時拿到多少就給你多少。穆拉說成交，於是他們出發，然後出了事，出了那件事，布蘭多不曉得自己力氣那麼大，在那個怪咖轉頭逃出廚房時，他不該那麼用力拿拐杖打她，而且是打在她腦袋上，老天爺，她隨即摔倒在地，小路易斯接著往她臉上猛踹，後來她就沒聲音了。就算布蘭多甩她耳光，叫她說出把錢藏在什麼地方，她也只是發出呻吟，口水往地板直淌，頭上的傷口湧出鮮血，沾溼了頭髮，他們不得不用最快速度搜索財物。天曉得他們花了多少時間把整個屋子找一遍，穆拉說不到半小時，但布蘭多覺得好像過了一整天，每翻遍一個樓上的房間，他們就越是氣惱——房間全都空蕩寥落，除了四堵牆壁，頂多只有兩件家具，比如一張床配一個梳妝臺，或一張床配一張椅子，要不然就是空曠的房間中央只擺了張桌子；一間又小又暗的廁所，簡直像個茅坑；用木板封起的窗戶全數拉上窗簾，牆壁灰撲撲的，到處布滿難以辨識的塗鴉，還飄著老女人死去的可怕腐臭味。布蘭多驚恐地暗想，天知道哪個房間是女巫的，天知道那個怪胎晚上睡在哪裡，因為樓上每個房間看起來都無人居住，甚至像是廢棄了，好像多年來根本沒人睡在那幾張硬床上，蓋那幾條滿是塵埃的被褥。他找遍所有房間，衣櫃裡滿是被衣蛾蛀食的衣服、整袋整袋的垃圾跟爛紙，最後他來到走廊最深處，就是最陰森的那個盡頭，整棟大宅裡只有那扇門鎖了起來，似乎從內部擋住了。可是無論布蘭多費多大的力氣用肩膀撞門，無論他踹門把踹幾次，門扉始終緊閉。後來小路易斯也上樓來幫他，不過老實說那時小路易斯已經沒什麼用處了，讓他把女巫往死裡整的亢奮感已然消褪，現在這個蠢蛋根本搞不清楚狀況。布蘭多漸漸意識到這是個大錯，宅子裡根本什麼都沒有，只有廚房桌上那張兩百披索的鈔票，以及散落在客廳的幾個零錢，布蘭多還得像個乞丐到處撿，因為小路易斯的手抖個不停，就在一片瘋狂之中，他倏地醒悟他們兩個幹了什麼，醒悟女巫要完蛋了，她就快沒命了，奇蹟似地苟延殘喘著，在那邊哼哼唧唧，聽她那樣哀叫，明眼人都看得出她正在受苦，布蘭多告訴小路易斯最好帶她去別的地方，丟進森林，讓別人更難找到她；他說，要是把她留在這裡，禮拜五附近那些女人來了，一發現她，就會跑來抓他們，所以他們要立刻離開這棟房子。於是他們用女巫自己的裙子盡可能遮掩，又用那條噁心的面紗包住她的頭，免得她的腦漿從傷口流出來，兩人就這麼合力將她搬起，丟進後車箱，開上通往工廠的那條泥土路。可是在開到河邊之前，他們轉了另一個彎，改走進那條通往水圳轉彎處的路，到了那裡，他們把女巫抬出來，拖到水邊，布蘭多將刀遞給小路易斯，是他從女巫的廚房桌上拿來的刀，從布蘭多有印象起，那把刀多年來都插在廚房桌的那顆蘋果上，蘋果則擱在一盤粗鹽上頭，布蘭多在後座指示穆拉往哪裡開時，手裡始終緊緊攥著這把刀。事到臨頭，小路易斯卻不肯把刀接過去，布蘭多只好硬塞給他，用十指包覆在小路易斯的拳頭外，讓他握住刀柄。小路易斯不想看女巫，但布蘭多說服他說那可憐的婊子很痛，還是幫她結束掉痛苦比較好，給她一刀，動手啊，讓她解脫，只可惜他們手上沒有槍跟子彈，只能用刀了，只能用捅的。那個死同性戀正在草地上呻吟打顫，臉上滿是血跡，後腦勺的傷口還有黃黃的東西繼續流，也沾在臉上，臭死人了。他對小路易斯說：朝她喉嚨刺下去，在她失血而死之前刺下去，可是小路易斯該死的沒種，只是無力地戳了一下她的頸子，完全沒劃到大動脈，只是讓女巫把雙眼瞪得超大，露出血液染紅的牙齒，布蘭多受不了了，在小路易斯身旁跪下，再度握住他的拳頭，用盡渾身力氣把刀捅進女巫的脖子，一下，兩下，再追加一下以防萬一，確保這次沒有任何疑慮，確確實實刺穿每一層皮肉、劃破動脈、穿透喉嚨的軟骨，甚至直達脊椎——刺到第三下時傳出悶悶的喀啦聲，小路易斯那個臭玻璃像巨嬰一樣嗚咽，手裡仍抓著刀，血跡四濺，噴上他們的雙手、衣服、鞋子、頭髮，甚至是嘴脣。布蘭多把刀從小路易斯的手裡扒開，丟進水圳，雖然他比較想把刀洗一洗留著，搞不好之後會再用到，搞不好就用在他媽跟小路易斯身上——因為他晚點還得回拉馬托沙一趟，再回女巫的房子一次，等看完九點檔的劇、新聞跟綜藝節目，他媽每次都在綜藝節目看到一半時打瞌睡，到時他就騎上腳踏車，迎著想趁他喘氣時飛進嘴裡的蚊群，騎過地面上凸起的樹根，抵抗著狂風，一路上的風吹亂他的頭髮，吹落他額上的汗珠，滴到龜裂的地表。他回到女巫的房子尋找金銀財寶，卻再一次落空——客廳宛若死蝸牛的殼那般空蕩光裸，充斥著令人畏懼的死寂，充斥著回聲，地下室跟樓上的房間也是同樣的光景，他什麼都找不到，就算再次移動所有家具、在垃圾堆裡翻找，甚至撕開幾個堆置在牆邊的塑膠袋，還是什麼都沒有。最終他回到那扇封死的門前，就是他們下午打不開的那扇門，在門前跪下來，透過地板跟木門間的縫隙往內窺視，卻什麼也看不清，只有一堆灰塵、一片黑暗，以及瀰漫整個二樓平臺的腐臭味。他忖度著屋裡想必會有甘蔗刀，即使生鏽也無所謂，用刀砍的話說不定能砍斷門鎖，不然至少也能砍爛門鎖周邊的木頭，於是他大步衝下樓梯，一到廚房便猛地停下腳步——有隻巨大的黑貓站在廚房門口，黃眼打量著他，布蘭多想不通這隻肆無忌憚盯著他的貓是怎麼進來的，明明他親手閂上了廚房門，免得有人在他搜屋子時闖進來。布蘭多抬腳作勢要踢牠，那隻該死的貓卻紋絲不動，連眼都沒眨一下，緊閉的口中卻冒出凶狠的哈氣聲，布蘭多不禁後退一步，瞥了桌子一眼想找另一把刀。就在這時，廚房和整個宅子的燈驟然切斷，布蘭多猛地醒悟，這隻盛怒的小畜生——這隻在漆黑中發出嘶聲的野獸，牠正是魔鬼，是魔鬼的化身，這隻魔鬼多年來陰魂不散跟著他，如今終於要來拉他下地獄了，他曉得要是自己不跑，要是不馬上逃出這棟房子，就會永生永世跟這隻惡獸困在黑暗之中。於是他衝向門口，拉開門閂，用盡全力一推，臉朝下栽在庭院硬邦邦的土地上，小惡魔依然在耳邊低吼，他連滾帶爬穿過塵土飛揚的庭院，騎上腳踏車，衝進呼嘯的夜，沿著貫穿甘蔗田的小路發狂地踩著踏板，冷汗直流，內心有種可怕的感覺，堅信自己已經在荒郊野外迷失方向，騎著腳踏車在泥土路上兜圈子，然後遲早會騎到水圳，女巫會在那裡等著他，喉嚨割裂、腦漿四溢、牙齒沾滿鮮血的女巫……他差點以為自己逃不掉了，這個時候他瞥見鎮上的光亮，是墓園附近那些房子透出的燈光。他繼續踩，來到空無一人的大街，一個小時後回到了家。他確認過媽媽還在睡，接著躡手躡腳走進浴室，洗淨滿是泥濘的臉和雙手，抬頭往起霧的鏡子一瞧，見到自己的倒影差點失聲驚叫：在他臉上，原本該是雙眼的位置變成兩輪燃燒的環，在結了水珠的鏡中閃耀。他過了好半晌才恢復冷靜，在洗手臺前動也不動站了好幾分鐘，雙眼緊閉，寒毛直豎，雙手高舉擋住臉，彷彿害怕倒影會攻擊他，直到他總算鼓起勇氣又看了鏡子一眼，發現在鏡面那層油亮的霧氣底下不是什麼惡魔般的光輪，而是他的雙眼——眼窩深陷，布滿血絲，空洞絕望，但完全正常的雙眼。於是他繼續洗完臉、胸口和雙手，回到房間，在床上躺下，盯著天花板好幾小時，無法入睡。No sé tú（註20），他想小路易斯那晚想必也睡不著，pero yo te busco en cada amanecer，小路易斯想必清醒地躺在床墊上，等待著他，mis deseos no los puedo contener，等待布蘭多過去找他，接續他們那晚起的頭，en las noches cuando duermo，在那個臭氣薰天的床墊上，si de insomnio，接續他們沒打完的炮，yo me enfermo，幹死對方，殺死對方，也許兩件事一起動

註20　本段歌詞大意為：「我不知道你怎麼樣／夢醒時分我總是尋找你的身影／控制不了我的感情／在午夜時分／我難以成眠／相思成疾。」

手。他也想著自己把錢搞到手的計畫就這麼付諸流水，恥辱得溼了眼眶。最後他想著，要不要索性一走了之，找個地方藏身。如果聯絡上在帕羅格丘的父親，那說不定可以，說不定能在那裡住上幾天……帕羅格丘離這個鎮滿近的，但起碼算是第一步，免得警察真的要來抓他……他反覆琢磨，想像遠離這個爛鎮、遠離他媽會是什麼感覺，天空逐漸轉亮，等他注意到杏樹枝頭的鳥開始歌唱，一夜沒睡的布蘭多便下了床，走到客廳，在媽媽放在電話旁的小筆記本中找到父親的電話，打了過去，電話響了好一陣子，是爸爸親自接的，語氣平淡地說：喂？布蘭多沒什麼自信地說了聲哈囉，他很多年沒跟他爸說話，那老頭可能聽不出布蘭多長大後的嗓音，會以為他是要來騙錢的詐騙，把電話給掛掉。他道歉說不好意思這麼早打來，又喃喃講了幾句陳腔濫調的客套話，話都還沒說完，爸爸就打斷了他：你們兩個想跟我要什麼？跟你媽說我沒錢可以給了，我也有帳單要付……電話那頭傳來嬰兒哭聲。布蘭多說：我知道，聽我說……你也該開始照顧你媽了，你不覺得嗎？你幾歲了，十八歲？布蘭多說：十九歲。他媽走進客廳，身上穿著那件她死不肯丟的破爛睡衣，手掌翻飛打起手勢，要布蘭多把話筒遞給她，但他沒說再見就掛了電話。他媽問是怎麼了，布蘭多叫她閉嘴，什麼事也沒有，回去床上睡覺，接著回到房間去，從地上隨便撿起一件衣服就往身上套，抓了他從女巫那邊搶來的兩百披索跟零錢，又往背包塞了幾件衣物，絲毫不理會他媽在走廊啜泣，離開家，甩上身後的門。然後他沿著大街邁開大步走向鎮的出口，走向加油站，打算招個便車，看哪輛貨車先停下來就搭。現在不走就走不了了，因為勞工節會讓路上變得容易塞車，肯載他一程的司機會越來越少，如果他動作快一點，搞不好能及時離開鎮上，即便他全身上下只有兩百披索。一切端看那些司機會有多好心，還有他能取悅那些死同志多久，不曉得他有沒有辦法就這麼一路搭到坎昆，甚至是到邊境或其他地方——現在去哪都沒差了。但他一面走，一面又想到小路易斯，在走之前他好想去見他一面，把他們這筆帳算清，隨著一分一秒過去，布蘭多越來越憤怒，也越來越悲傷，沒走到高速公路，他便掉頭往家裡的方向走去。打開家門時已是下午四點，他媽媽跪在客廳的祭壇前祈禱，布蘭多一個字也沒對她說，進門後直接進了房間，脫掉沾滿塵土跟汗水的衣服，往床上一躺，一口氣睡了將近十二個小時，沒做好夢，但也沒做惡夢，醒來時天仍是黑的，渾身是汗。布蘭多下了床，走去廚房，喝了一整壺開水，瞄了眼冰箱裡的燉鍋，對鍋裡的豆子毫無食慾，回到床上又睡了十二小時。再醒來時，他有些分不清自己身在何處，蓋著棉被卻渾身直打顫，好像整個房間很冷似的。他有種感覺，要是不離開這個屋子，牆壁就會通通砸在他身上，所以他起身穿衣，空著肚子出了家門，耳邊嗡嗡作響。他渾身麻木，吸進肺裡的空氣質地濃稠，幾乎像是液體。他走向街區的盡頭，轉個彎就到了羅克先生的店，熟悉的景象映入眼簾：有個住在這一帶的小鬼，那男孩膚色白皙，頭髮又直又烏黑，獨自站在羅克先生擺在店外的一箱箱蔬果旁，打著人行道上的遊戲街機，雖然才下午，卻已經顯得沒精打彩。布蘭多不記得他叫什麼名字，但他認得這男孩。好幾年來他在這附近都會留意這小子，主要是因為他長得有點像小時候的布蘭多，嗯，可以說是皮膚更白的版本，比他更進步的版本——至少他媽媽會讓他出門打羅克先生的街機，而且玩得挺上手，起碼是玩得很認真，看他那樣狂推搖桿、猛按按鍵，還跟著音樂節奏搖他緊致的小屁屁。男孩嘴脣粉嫩，這點特別吸引布蘭多的注意，因為除了狗狗A片裡的女孩之外，他從沒見過誰的嘴脣那麼粉嫩。他敢說，那男孩被T恤布料掩蓋的乳頭一定也是如此嬌豔的顏色，嘗起來八成是草莓味，要是有人大起膽子咬下去，流出來的估計不是血，而是草莓糖漿。布蘭多逗留片刻，旁觀那小子打電動，打量著他如嬰兒肌膚般光滑的臉頰，推測他頂多只有十歲，這時他轉頭邀布蘭多跟他比一場，布蘭多立刻答應了，雖然他從來沒玩過那一款格鬥遊戲，好幾百年前他就對電動失去了興趣。他走進店裡買了包菸，把那張兩百披索的鈔票換成零錢，接著回到店外跟那男孩對決，隨便胡亂搖著搖桿，每場都讓對手贏，再跟那男孩勾肩搭背，暗暗估量他力氣多大，哄他去鐵軌之後會不會很難壓制他；布蘭多只差那麼一點就說服那小子跟著他走，假裝說要請他吃冰淇淋，其實他故意連輸那麼多場，早就把銅板用得一枚不剩，這時有三個穿制服的警察從背後偷襲他，拿警棍把他狠揍了一頓，將他推倒在地，銬上手銬，拖進警車後座。錢在哪裡，殺基佬的？他們邊這麼問邊打，布蘭多說：什麼錢？我不曉得你們在說什麼，里戈里多說：少裝了，殺基佬的，快說你把錢藏去哪了，不然我就電爛你的臭雞巴。布蘭多熬過那一輪痛毆，因為不想跟他們坦承他前一晚回去女巫的房子，結果只在裡面找到他媽的貓妖，可是後來他開始吐血，他們還拿電線往他蛋蛋戳，迫不得已之下，他只好和盤托出，說了那扇上鎖的門，說了他跟小路易斯唯有那個房間進不去，他們想找的金銀財寶八成就在那裡面。一說了這件事，那些狗東西立刻拍拍屁股走人，把布蘭多扔進牢房，牢裡全是從勞工節遊行抓來、爛泥一般的酒鬼，全是小偷，比如那三個搶他球鞋的瘋子，布蘭多只來得及瞥了他們一眼，瞥見帶頭的老大那張毛髮蓬亂、瘦骨伶仃的臉，瞥見他嘴裡的門牙全都掉了，然後布蘭多拖著身軀爬到唯一的空地，在臭烘烘的馬桶旁蜷縮成球，輕輕抱住他被暴打一頓的肚腹。與此同時，那個乾瘦的老大在牢裡兜著圈子，用新球鞋在那些醉鬼身上亂踩一通，有如關在籠裡的猛獸那般低吼，他被那個像野狗一樣嘶嚎的可憐蟲弄得心煩氣躁，就是那個殺了老媽的毒蟲，警察不得不把他關在「小隔間」裡，免得他被其他囚犯幹掉。老大咆哮：閉嘴啦，幹你媽的！另一個牢房傳出怒吼：閉嘴啦，你他媽的殺人犯！你殺了你老母欸！下地獄啦，王八蛋！老大喊了布蘭多一聲，往他被痛揍過的肋骨輕踢一腳，這次似乎不是想傷害他，只是要吸引他的注意力，老大低聲念道：殺基佬的，捅基佬的，你聽著，你聽。布蘭多掩住耳朵，但那個瘋子不肯閉嘴：聽著，殺基佬的，聽著，仇敵，你相不相信仇敵？他身上飄出的臭味比牢房地板的尿騷味更難聞，但布蘭多費了點力氣展開身體，抬頭看向那個不停跑來招惹他的男人，喃喃道：老兄，你他媽還想怎樣？我已經沒東西可以給你了。那人用枯瘦的手一指，布蘭多順著方向看去，只見在他頭頂上方之處，那面牆上畫滿了塗鴉跟刮痕：名字、綽號、日期、愛心，以及宛若神祕怪獸的屌跟小穴，還有各式各樣不堪入目的畫——這時他清楚看出一連串紅色線條，組成了一幅完整的魔鬼像。他剛進牢裡的時候怎麼沒注意到？巨大的魔鬼主宰著監獄，猶如君王。瘋瘋癲癲的老大嘴裡說著：仇敵啊，殺基佬的。仇敵無處不在。魔鬼是用磚頭或某種紅色顏料畫的，龐大的頭顱上有著尖角和豬鼻；圓眼空洞，一旁有顫抖的線條向外發散，恰似心神不寧的小孩畫的太陽；腿是粗短的羊腳，一雙乳房直垂到那怪物的腰際，底下就是一根長而挺立的屌，其中噴出的東西看起像乾掉的血跡，真正的血跡。在牢裡當老大的大鬍子神經病聲嘶力竭狂吼起來，亂踹那些醉鬼把他們叫醒，逼他們見證即將降臨的奇蹟。他嚎叫：仇敵！仇敵呼召更多僕人！世間的敗類，起來吧！給我準備好了，狗娘養的！幾個醉鬼呻吟起來，雙手抱住頭，其他在牢門邊的人畫起十字，但沒人敢把目光移開，全盯住了那個老大，盯住了他的死亡之舞，盯著他在牢房中央做起幻想的表演，跟幻想出來的對手打拳，隨後撲向布蘭多，不是要揍他，而是往他頭上的牆壁揮出兩拳，命中魔鬼畫像的腹部，監獄驟然陷入近乎玄祕的靜寂，只聞那兩下擊打聲在牢裡迴盪。老大的跟班驚愕地呢喃：兩個，兩個。醉鬼之中最清醒的那人重複道：兩個，兩個。其他牢房的囚犯彷彿受到傳染，開始叫喊：兩個，兩個，連哀求老媽寬恕的瘋狗也用嘶啞的聲音加入合唱：兩個，兩個，布蘭多不由自主悄聲道：兩個，兩個。吶喊在監獄牆壁之間迴響，震耳欲聾，也因此布蘭多沒聽見牢門打開，沒聽見朝他們走來的腳步聲。一直到他把目光從魔鬼臉上那兩輪空洞的太陽扯開，他才發現牢房的柵欄外站著三個人影。獄警揮著警棍吼道：你們這些垃圾，把大屁股讓開，怎麼你們幾個爛胚每次都曉得我要帶多少人來？說完他把兩個新囚犯推進牢裡：一個是瘸了腿、留著灰色小鬍子、幾乎站不直的矮子，一個是瘦巴巴的孱弱小鬼，他那頭捲髮沾著血塊，嘴角瘀青腫脹，雙眼腫得睜不開。看來里戈里多那群豬頭對他下手完全不留情，顯然壓根不在乎什麼記者、攝影師或他媽的人權——是小路易斯，活生生的小路易斯，那個狗娘養的舔雞巴小路易斯，就站在他面前，布蘭多不禁淚水盈眶。終於是他的了，該死，終於能讓他緊緊擁在懷裡。

七

有人說她其實沒死，因為當女巫的才不會那樣乖乖被幹掉。有人說千鈞一髮之際，就在那兩個小鬼捅她之前，她變身成別的東西，比如說蜥蜴或兔子，然後一溜煙跑掉，躲進樹叢深處；或是變成了那隻巨鳥——謀殺案發生的隔天，那隻大鳥於天際現身，先是在田地上空盤旋，然後停駐於樹梢，用紅眼打量著底下的人，彷彿想張開鳥喙跟他們說話。

有人說在她死後，不少人跑進宅子尋找寶藏。一聽說漂在水圳的屍體是誰，那些人便手持鏟子、鋤頭、鐵錘趕到現場，打掉牆壁，在地上挖出一條條壕溝似的坑洞，尋找暗門或密室。頭一批過去的是里戈里多的爪牙，他們遵照局長的命令，連走廊盡頭那個房間的門都拆了，那是老女巫的房間，打從她多年前下落不明，房門便始終緊鎖。有人說里戈里多跟他的手下都承受不住房裡的可怖景象：實心橡木床中央仰臥著老女巫已然發黑的乾屍，在他們眼前崩解四散，化為一堆骸骨跟頭髮。有人說那些沒種的窩囊廢逃出鎮外，再也沒回來；但也有些人說不是這樣，真相是里戈里多跟他的黨羽果真在老女巫的房間找到那批出了名的寶藏：金幣銀幣、稀世珠寶，還有那枚鑽石大到讓人以為是玻璃的戒指，他們把財寶洗劫一空，駕著全鎮唯一一輛警車揚長而去。那些人說，駛過馬塔柯奎特之後，里戈里多被貪婪蒙蔽了雙眼，決定殺了手下，省得還要跟他們分財寶。那些人說他叫手下交出槍來，然後把他們一個個從背後開槍打死；那些人說他很毒梟作風地砍掉手下的頭顱，以便擾亂警方，然後就帶著錢財遠走高飛，不知所蹤。但又有人說不可能，這樣是六對一，里戈里多的手下一定會先反過來殺了他；事實八成是這幾個警察遇到了從北部南下的新興幫派，因為那些黑幫正在收拾影子幫在油田留下的爛攤子，正好把那些警察給幹掉，局長自己大概也逃不了，他的屍體遲早會出現在哪個火併現場，搞不好也被砍了手腳、受盡折磨，身上貼了硬紙板，上面寫有指名給庫可・巴拉巴斯和其他影子幫成員的訊息。

有人說這地方亂七八糟，要不了多久政府就會派軍隊來整頓這個地區。有人說這裡熱得連當地人都快被逼瘋，說這樣不正常，怎麼都五月了還是一滴雨也沒下，說這次颶風季鐵定來得猛烈，說一定是各種厄運跟災禍搞得到處愁雲慘霧：無頭屍、缺手斷腿屍、彎折裝袋屍，有的丟在路邊，有的在郊外草草挖個墓埋起來了事。有人死於槍戰，死於車禍，死於敵對幫派之間的復仇火併；有強暴，有自殺，還有記者所謂的「激情犯罪」。比方說在聖佩德羅波特羅，有個十二歲男孩發現女友懷了他老爸的種，嫉憤之下將她給殺了；比方說有個農夫在外出打獵時槍殺了兒子，對警察說他錯把兒子當成獾，其實人人都知道那個父親早就看上了兒媳婦，甚至早就背著兒子跟她搞上了；比方說帕羅格丘有個瘋婆子說她的小孩不是她的小孩，是來把她吸乾的吸血鬼，所以她用從桌子、衣櫃甚至是電視櫃剝下的木板，把幾個孩子全活活打死；比方說有個可悲的婆娘把自己年幼的女兒給悶死，因為她嫉妒老公給女兒太多關愛，於是拿了條毯子蓋住女兒的臉，直到她停止呼吸；比方說馬塔德皮塔的那些王八蛋把四個女服務生先姦後殺，結果法官放了他們，因為控告那些傢伙的證人沒有出庭，有人說他因為跟警察打小報告所以被幹掉了，那些混帳至今仍逍遙法外，彷彿什麼事都沒發生……

有人說就是因為這樣，女性人人自危，尤其是在拉馬托沙。有人說一入夜，女人便在門廊聚集，抽不帶濾嘴的菸，懷裡抱著最小的嬰孩，吹出嗆辣的吐息拂過孩子柔嫩的頭皮趕走蚊蠅，享受自河邊襲來的微弱清風，鎮上終於陷入靜謐，可以隱約聽聞高速公路旁的妓院遠遠傳來音樂聲，駛向油田的貨車發出轟隆聲，野狗放聲吠叫，有如狼群般隔著平原呼喚彼此；在這個入夜時分，女人團團圍坐，一面說著故事，一面留意天空，尋覓那隻奇異的白鳥，牠會盤踞在最高的樹頭，望著她們，那眼神彷彿是想對她們說些什麼。大概是要說，絕對不要進女巫的房子；

連經過都不要經過，也不要透過如今千瘡百孔的牆壁向內窺視。那眼神警告她們，不要讓孩子去尋寶，不要讓孩子幻想著跟朋友去大宅，在破敗的房間裡頭翻找，或是看誰有膽子走進樓上最深處的房間，摸摸看女巫的屍體在骯髒床墊留下的汙漬。那眼神警告她們，應該告訴孩子其他人是怎麼尖叫著逃出那地方，被裡頭揮之不散的臭味薰昏過去，被從牆上脫離的影子一路追出屋子，嚇得屁滾尿流；應該尊重那宅子內的死寂，尊重曾經住在那裡的可憐亡魂所受的苦。鎮上的女人都是這麼說的：那裡沒有寶藏，沒有金銀或鑽石，有的只是椎心刺骨的悲苦，縈繞不去。

八

老爺爺坐在樹樁上抽著菸，看停屍間的兩個年輕人把屍首從車上搬下來。他一個個數了數，連那些殘缺不全的也數了，那些看不出長相、看不出性別的殘骸：不知哪個農夫長了繭的腳，八成是喝得醉醺醺地跑去山坡砍樹叢；幾根手指、幾塊肝臟、幾張皮膚，是石油公司醫院送來的手術後殘渣。他們搬出來的第一具完好屍體顯然是個流浪漢，膚色蠟黃，乾枯起皺，像是半輩子都在豔陽下漫漫絮聒閒談。接下來是被分屍的年輕女子，真可憐，至少她不是渾身赤裸，而是用天藍色的透明膜裹住，老頭心想大概是為了避免她被砍斷的四肢在車上亂滾。再來是個嬰兒，這小小生命有顆釋迦似的小小頭顱，想必還沒氣絕就被父母遺棄在醫院。最後是裡頭最重、最難搬的一個，員工將它層層包裹起來，因為每次試著綁住他的手腳，皮膚便一片片剝落，這個估計會讓老爺爺最頭痛，比其他幾具屍體加起來還要棘手，甚至比那個被肢解的女子更麻煩，原因是這傢伙不但被殘暴地刺死，屍身也依然完整，腐爛卻完整，這類型的總是最不好處理——彷彿他們不願接受命運，彷彿他們害怕墓穴的黑暗。不過停屍間那兩個白痴對這些毫無興趣，只想跟老爺爺蹭幾根菸來抽，講幾句幹話，看看能哄他說些什麼故事。瘦高的那個說：等一下還有一堆工作要幹，鎮上失蹤的那幾個豬頭被找到了，連頭跟手腳什麼的一起被碎屍萬段了。老爺爺繼續以規律的節奏緩緩抽著菸，雙眼盯著那兩個小子拋進坑裡的屍體，盤算著要灑多少沙土跟石灰粉。另一個說：你可以開始挖下一個坑了。這個白皮仔很少說話，只會站在那邊看著老爺爺，臉上掛著蠢笑。老頭答道：還放得下二十來個。瘦高的那個笑了：爺爺，鎮上的人也這樣說，你猜怎樣？結果我們還是得把屍體大老遠送來這邊，因為鎮上也沒地方埋了，墓園裡的墳看起來都像投手丘。老爺爺只是瞇起眼看他。不然埋直的怎麼樣？白皮仔這麼提議道，邊說邊對準墓穴將菸灰一彈。這個笨小子是在說笑，不過老爺爺心知那絕對不成。要是不把他們放平，他們會全力頑抗，非得把他們一個個舒舒服服疊好才行，如果不這樣，他們就會渾身不舒坦，翻來覆去，結果誰也忘不了他們，最終困在人間，在墓穴之間遊蕩，四處搗亂、嚇人。老爺爺又點了根菸，停屍間的兩個小子看著他，等他說話，但他只是微微搖了搖頭。他們想必是在等他說故事，但老頭才不想讓他們稱心如意。何必呢？讓他們到處宣揚說爺爺終於精神錯亂了嗎？叫他們滾蛋去！特別是那個瘦高的，就是他率先宣揚老爺爺會跟死人講話的謠言，只因為老頭私底下跟他講了些事，當初以為這個蠢蛋會懂，殊不知他一出了墓地，逢人就說老爺爺有幻聽，說他腦袋不正常了，真是拜託，他只是想跟那小子解釋，把死人下葬的時候要跟屍體講話才行，這麼一來死者就明白會有個聲音引導他們，告訴他們接下來會怎麼樣，這似乎能讓他們心安一些，就不至於到處亂跑、騷擾活人。所以他直等到兩個小子駕著搬空的車離開，才敢開口對新來的講話。首先要安撫他們，讓他們知道用不著害怕，活著的痛苦都結束了，黑暗很快就會退去。狂風在原野上呼嘯，吹動杏樹的枝葉，捲起小規模塵旋，在遠處的墳墓之間飄搖。要下雨了，老爺爺這麼告訴那些死去的男男女女，鬆了一口氣地凝望濃雲將天空拉上一層暗幕。他重複道：感謝主，快下雨了，但你們用不著擔心。一顆飽滿的雨珠落在老爺爺握著鏟子的手上，他伸手舔去，品嘗這個季節第一滴雨的甘甜。他最好動作快點，才能在下起傾盆大雨之前把屍體下葬——先鋪一層石灰粉，第二層鋪沙，然後在整個墓穴上鋪一層細鐵絲網，用石塊壓住，免得野狗三更半夜跑來挖屍體。不用擔心，不用害怕，你們躺著就好，就是這樣。天空閃過閃電的光芒，一陣轟隆的悶響撼動大地。這些雨傷害不了你們了，黑暗不會永遠持續下去。看到沒有？看到遠處那道光了嗎？那道看起來像星星的微光？那就是你們該去的方向，他這麼告訴他們。那就是從這個坑離開的方向。

謝辭

感謝費南妲・阿瓦雷茲、愛德華多・弗洛雷、麥克・蓋普、馬吉爾・安吉爾・赫南德茲・艾可斯塔、奧斯卡・赫南德茲・貝爾川、尤里・赫雷拉、帕布羅・馬丁尼斯・洛薩達、赫彌・梅薩、艾密里亞諾・蒙內、艾克塞爾・慕尼茲、安德烈・拉米雷、蓋比艾拉・索利斯，謝謝他們願意閱讀這本小說的不同版本，並給予意見。基於同樣的原因，我也要謝謝馬丁・索拉雷，更謝謝他在恰到好處的時機推薦了《獨裁者的黃昏》給我。謝謝喬瑟芬娜・艾斯特拉達，她在《抽絲剝繭》（Señas particulares，暫譯）這本傑出的著作中，無意間給了我方向。在此紀念已故哥斯大黎加作家兼社運人士卡門・利拉，她著有多篇短篇小說，其中一篇名為〈約會禮拜七〉（Salir con domingo siete，暫譯），將出處不明的著名民間故事改寫成非常動人的版本，我也以此為靈感，在這部小說中改寫了同一則民間故事。

謹以此紀念在維拉克魯茲慘遭謀殺的記者約蘭達・克魯茲和蓋比艾爾・赫耶，他們死於腐敗的哈維爾・杜阿爾特・德奧喬亞政府執政期間，德奧喬亞的犯罪事件和相關照片是這本小說的靈感來源之一。

謝謝露德・荷悠給予的愛；謝謝奧利耶・加西亞・瓦雷拉給予的光，那些遠遠閃爍的微光宛若星辰。

謝謝艾瑞克、漢娜、葛利斯・曼哈雷茲，你們是全世界最棒的一家人，謝謝你們讓我加入這個家庭。

逆思流

颶風之城

（原名：Hurricane Season）

著　者／費南妲・梅爾喬（Fernanda Melchor）　國際版權／黃令歡、梁名儀
執 行 長／陳君平　譯　者／陳思穎　企劃宣傳／陳品萱
榮譽發行人／黃鎮隆　美術總監／沙雲佩　文字校對／施亞蒨
協　理／洪琇菁　美術編輯／李政儀　內文排版／謝青秀
總 編 輯／呂尚燁　資深主編／劉銘廷

出　版／城邦文化事業股份有限公司 尖端出版
台北市中山區民生東路二段一四一號十樓
電話：（〇二）二五〇〇－七六〇〇
傳真：（〇二）二五〇〇－二六八三
E-mail：7novels@mail2.spp.com.tw

發　行／英屬蓋曼群島商家庭傳媒股份有限公司城邦分公司 尖端出版
台北市中山區民生東路二段一四一號十樓
電話：（〇二）二五〇〇－七六〇〇（代表號）
傳真：（〇二）二五〇〇－一九七九

中彰投以北經銷／楨彥有限公司（含宜花東）
電話：（〇二）八九一九－三三六九
傳真：（〇二）八九一四－五五二四

雲嘉以南／智豐圖書有限公司
（嘉義公司）電話：（〇五）二三三－三八五二
傳真：（〇五）二三三－三八六三
（高雄公司）電話：（〇七）三七三－〇〇七九
傳真：（〇七）三七三－〇〇八七

香港經銷／城邦（香港）出版集團有限公司
香港灣仔駱克道一九三號東超商業中心一樓
電話：（八五二）二五〇八－六二三一
傳真：（八五二）二五七八－九三三七
E-mail：hkcite@biznetvigator.com

新馬經銷／城邦（馬新）出版集團 Cite（M）Sdn. Bhd.
E-mail：cite@cite.com.my

法律顧問／王子文律師　元禾法律事務所
台北市羅斯福路三段三十七號十五樓

二〇二三年四月一版一刷

■中文版■

郵購注意事項：
1.填妥劃撥單資料：帳號：50003021戶名：英屬蓋曼群島商家庭傳媒(股)公司城邦分公司。2.通信欄內註明訂購書名與冊數。3.劃撥金額低於500元，請加附掛號郵資50元。如劃撥日起 10～14日，仍未收到書時，請洽劃撥組。劃撥專線TEL：(03)312-4212 ・ FAX：(03)322-4621。E-mail：marketing@spp.com.tw

國家圖書館出版品預行編目資料

颶風之城 / 費南妲・梅爾喬(Fernanda Melchor)作；
陳思穎譯．-- 1版．-- 臺北市：城邦文化事業股份
有限公司尖端出版：英屬蓋曼群島商家庭傳媒股份
有限公司城邦分公司發行，2023.04
面； 公分
譯自：Hurricane Season
ISBN 978-626-356-406-0（平裝）

885.457 112001504